共和国故事

国法不容

——大邱庄风波与禹作敏获刑

邵夫兵 编写

吉林出版集团股份有限公司

图书在版编目（CIP）数据

国法不容：大邱庄风波与禹作敏获刑/邵夫兵编. —

长春：吉林出版集团股份有限公司，2009.12

（共和国故事）

ISBN 978-7-5463-1809-7

Ⅰ．①国… Ⅱ．①邵… Ⅲ．①纪实文学 – 中国 – 当代 Ⅳ．①I25

中国版本图书馆 CIP 数据核字（2009）第 236704 号

国法不容——大邱庄风波与禹作敏获刑

GUOFA BU RONG　　DAQIUZHUANG FENGBO YU YU ZUOMIN HUOXING

编写　邵夫兵

责任编辑　祖航　息望

出版发行　吉林出版集团股份有限公司

印刷　三河市嵩川印刷有限公司

版次　2010 年 1 月第 1 版　　　　2022 年 1 月第 8 次印刷

开本　710mm×1000mm　1/16　　　印张　8　字数　69 千

书号　ISBN 978-7-5463-1809-7　　　定价　29.80 元

社址　吉林省长春市福祉大路 5788 号

电话　0431 – 81629968

电子邮箱　tuzi8818@126.com

版权所有　翻印必究

如有印装质量问题，请寄本社退换

前　言

　　自 1949 年 10 月 1 日中华人民共和国成立至今,新中国已走过了 60 年的风雨历程。历史是一面镜子,我们可以从多视角、多侧面对其进行解读。然而有一点是可以肯定的,那就是,半个多世纪以来,在中国共产党的领导下,中国的政治、经济、军事、外交、文化、教育、科技、社会、民生等领域,都发生了深刻的变化,中国人民站起来了,中华民族已屹立于世界民族之林。

　　60 年是短暂的,但这 60 年带给中国的却是极不平凡的。60 年的神州大地经历了沧桑巨变。从开国大典到 60 年国庆盛典,从经济战线上的三大战役到经济总量居世界第三位,从对农业、手工业、资本主义工商业的三大改造到社会主义市场经济体制的基本确立,从宜将剩勇追穷寇到建立了强大的国防军,从废除一切不平等条约到独立自主的和平外交政策,从“双百”方针到体制改革后的文化事业欣欣向荣,从扫除文盲到实施科教兴国战略建设新型国家,从翻身解放到实现小康社会,凡此种种,中国人民在每个领域无不留下发展的足迹,写就不朽的诗篇。

　　60 年的时间在历史的长河中可谓沧海一粟。其间究竟发生了些什么,怎样发生的,过程怎样,结果如何,却非人人都清楚知道的。对此,亲身经历者或可鲜活如昨,但对后来者来说却可能只是一个概念,对某段历史的记忆影像或不存在,或是模糊的。基于此,为了让年轻人,特别是青少年永远铭记共和国这段不朽的历史,我们推出了这套《共和国故事》。

《共和国故事》虽为故事,但却与戏说无关,我们不过是想借助通俗、富于感染力的文字记录这段历史。在丛书的谋篇布局上,我们尽量选取各个时代具有代表性或深具普遍意义的若干事件加以叙述,使其能反映共和国发展的全景和脉络。为了使题目的设置不至于因大而空,我们着眼于每一重大历史事件的缘起、过程、结局、时间、地点、人物等,抓住点滴和些许小事,力求通透。

历史是复杂的,事态的发展因素也是多方面的。由于叙述者的视角、文化构成不同,对事件的认知或有不足,但这不会影响我们对整个历史事件的判断和思考,至于它能否清晰地表达出我们编辑这套书的本意,那只能交给读者去评判了。

这套丛书可谓是一部书写红色记忆的读物,它对于了解共和国的历史、中国共产党的英明领导和中国人民的伟大实践都是不可或缺的。同时,这套丛书又是一套普及性读物,既针对重点阅读人群,也适宜在全民中推广。相信它必将在我国开展的全民阅读活动中发挥大的作用,成为装备中小学图书馆、农家书屋、社区书屋、机关及企事业单位职工图书室、连队图书室等的重点选择对象。

编　者

2010 年 1 月

一、 艰苦创业

● 外地的姑娘不愿嫁到大邱庄，为了生命的延续，大邱庄人采取的办法是，本村闺女不外嫁，勉强维持着人口的繁衍生息。

● 农民住上了现代化的楼房或别墅，人均住房面积达 40 多平方米，部分家庭还拥有了小汽车等。

● 大邱庄的科技顾问团名单中，汇集了中国各领域的第一流专家，其中有高级职称的就达 224 人。

大邱庄人发誓拔掉穷根

1974 年，禹作敏担任了天津市静海县蔡公庄乡大邱庄大队的党支部书记。

从 1949 年算起，在 20 多年的时间，到禹作敏担任大邱庄党支部书记已经是第十一任了。

大邱庄村自建村以来，可谓历史悠久，但始终摆脱不了一个"穷"字。有一首民谣生动地描述了大邱庄的贫穷：

老东乡，老东乡，喝苦水，吃菜帮，糠菜半年粮；宁吃 10 年糠，有女不嫁大邱庄。

当时在大邱庄还有一句歇后语："砖头砸死人不偿命——没有。"整个村庄住的都是土坯房，找不到半块砖瓦。

外地的姑娘不愿嫁到大邱庄。为了生命的延续，大邱庄人采取的办法是，本村闺女不外嫁，勉强维持着人口的繁衍生息。

禹作敏兄弟 4 人，他排行老三。他只利用冬闲时间读过几个月的私塾，与他一块上学的伙伴大都识不了几个字，而禹作敏却能读书、看报、写文章。

禹作敏从 1954 年开始当干部，公社化时当大队会计，虽没有学过会计业务，但算盘却拨得哗哗响，表现得很有能力。后来，调到十一队当小队长。

1963 年，华北地区洪灾，为了保卫天津，保卫津浦铁路，中央下令分洪，淹掉大邱庄所在的团泊洼。禹作敏带领十一队社员不但安全有序撤离，还在逃难中揽了一个给附近造纸厂运送稻草的活。干完这批活一结算，每个劳力分了 400 元钱。

后来，禹作敏带领群众回到大邱庄后，又领导大家开垦水淹过的荒地种庄稼，当年多收了 3 万公斤粮食，增加了几万元的收入。

思想活跃，思路开阔，敢作敢为的禹作敏，最终被推举到了村党支部书记的位置上。

当上村党支部书记的禹作敏，无时无刻不在想着让大邱庄早日拔掉"穷"根。

1974 年冬，禹作敏带领全村男女老少迈出了改造大邱庄面貌最为原始的一步，即整地修路。模仿大寨陈永贵的样子，禹作敏身先士卒、一马当先，带领大邱庄群众一干就是 3 年。仅仅凭借土筐和铁锹以及老幼相加也不过 4000 人的力量，累计动土竟然达到 410 多万立方米，硬是把 7000 多亩高洼不平的盐碱地，改造成了横平竖直的肥田沃土，甚至还修了 7 条比京津公路还宽还直的大道，以及几十条能走马车和拖拉机的小道。

1977 年初，全国兴起了思想解放的热潮，禹作敏对大邱庄的道路也进行了深刻的反思。

禹作敏在大邱庄附近的团泊洼游荡了整整 3 天，第 4 天，他敲钟集合了全村的村民。

禹作敏对乡亲们说："乡亲们，这些年你们跟着我受苦了。现在，我既不埋怨上边，也不埋怨下边，一切责任都由我一个人承担！大伙儿如果还信得过我，就让我再干 3 年。第一，我要让大邱庄变个样，让大家过上富裕日子；第二，让村里的光棍都搞上对象，成上家。如果大伙儿信不过我，现在我就下台！"

几千人鸦雀无声，长久地沉默。终于有人喊了一声："干，俺们跟你干！"

掌声，经久不息，大邱庄人信任他，拥戴他，大家愿意跟着禹作敏干。

大邱庄靠实干变首富村

军令状立过之后，禹作敏要动真格的了。

禹作敏决定先从领导班子抓起，他召开领导班子会议。

禹作敏说："要是有人觉得当干部吃苦受累不想当了，可以声明退出；怕跟着我禹作敏犯错误受牵连，也可以声明退出。我的大主意已经拿定，非改不可。我是共产党员，念的是共产党的经，要走的也是社会主义的路，既然大邱庄的群众信得过我，让我来领班子，大家就要和我一条心，走一条路，丑话说在前头，新搭起来的领导班子一人一把号，都吹我的调，不吹我的调，一个都不要！"

今后的路子该怎么走？禹作敏比别人想得多，看得远，他得出结论：光靠土里刨食不行。

禹作敏说："旧社会的地主，凡是单纯种地的，都是穷地主，只有在大城市有买卖的，才是大财主。大邱庄要想富，就得办工厂。我拿定主意了，有一是一，有二是二，豁出去了！"

大邱庄有一个叫刘万明的，新中国成立后在天津一家冶炼厂当工人，后提拔为设备科副科长，1962 年经济困难时期返乡务农，还当过生产队长。此人声誉不佳，

但人很精明，不仅懂冶炼技术，而且在天津的同行中有一批熟人。

于是，禹作敏就委派刘万明考察项目。

刘万明知道搞冷轧比热轧成本低，能赚钱，就向禹作敏建议办个冷轧带钢厂，禹作敏立即拍板支持。

禹作敏就用刘万明做了技术员，请村里的技术能人刘万全做厂长。

禹作敏依靠大队贷款 3.7 万元，又从集体积累中拿出 5 万元，还向附近社办厂借了两万元，社员自筹一万元，把砖瓦厂红砖折合了两万多。禹作敏就这样东拼西凑地办起了冷轧带钢厂。

禹作敏还发动老百姓先打了一部分苇子，就用这些苇子建厂房。他又从天津冷轧带钢厂买回一台被淘汰下来的冷轧机，后来又仿造了两台，3 台冷轧机就是当时全部的硬件设备。冷轧机经过两个月的试工，产品最终合格。

1978 年 10 月，大邱庄第一个工业企业，即大邱庄冷轧带钢厂正式投产。

这个厂为天津金属材料厂进行来料加工，当年就收回投资，除还清乡亲们的集资款外，还有 30 万元的盈利。

后来，这个厂又自制了淬火机、裁剪机，并用 3 万元的资金 45 天的时间自制了一台龙门吊车，这台龙门吊车在冷轧带钢厂用了 10 多年。

受到带钢厂成功的刺激与推动，其后数十年间，在禹作敏的有力指挥下，大量工业企业扎堆儿在大邱庄出现，管理模式也日臻成熟。

1981年，大邱庄高频制管厂成立；1982年，大邱庄印刷厂、大邱庄电器厂相继开工投产。

1983年，为扩大规模，便于管理，同时为能享受到国家对初创公司税收政策的优惠，禹作敏得到有关人士指点，成立了大邱庄农工商联合总公司，并将建立分厂的权力下放到各厂。不但总公司成为独立的法人实体，而且，总公司之下所建分厂也为独立法人企业。

大邱庄依托冷轧带钢厂、高频制管厂、印刷厂、电器厂盈利水平的不断提高、企业规模的不断发展壮大，各个工厂下辖的分厂以"滚雪球"的方式越滚越多，越滚越大。

1987年，禹作敏将上述4个总厂改制为四大公司。1992年，他又将4个公司分别改名为尧舜、万全、津美、津海四大集团。

同年，在禹作敏的主持策划下，大邱庄农工商联合总公司投资近10亿元，在村西北建立起"百亿元工业区"，目标是全年完成产值100亿元。

禹作敏除对工业进行拓展外，在农业生产上，他提出了著名的"专业承包，联产计酬"的说法，将农民掌握的土地一律集中耕种，鼓励有能力者系统承包。

1982年，大邱庄的土地承包大户马德良与妻子何文丽，甚至将大邱庄的农业生产承包经验，成功介绍到了法国。

1983 年至 1985 年，禹作敏先后将大邱庄农业专业队改组为农场，强化"统包结合"的土地管理策略，全部耕地改由 4 个组承包，不惜重金提高农业机械化作业水平。全村农业劳力在 1985 年直线降到 112 人，后来甚至降到 8 人。

自 1979 年到 1990 年，禹作敏共向农业投资近 4000 万元。到 1990 年底，大邱庄共有各种农业机械 2577 台，粮食总产 350 万公斤，比 1978 年增长了 1.5 倍，比 1949 年增长 9.4 倍。

截至 1992 年底，大邱庄共有工业企业 200 余家，从业人员 1.2 万人，固定资产总值 1.5 亿元，利润 4.7 亿元，比 1981 年增长 300 倍，工业总产值 40 亿元，比 1981 年增长 835 倍。农业公司的产值达到 4.5 亿元。

在 1992 年的国家统计局《统计年鉴》上，大邱庄的社会总产值、人均收入等多项经济指标均高居第一位，这个华北平原盐碱地上的讨饭村一下变成了"中国首富村"。

这个村里的农民住上了现代化的楼房或别墅，人均住房面积达 40 多平方米，部分家庭还拥有了小汽车。

大邱庄以人才抓发展

禹作敏经常说，大邱庄的发展，人才是关键，人才发展事业，事业培养人才。大邱庄发展初期，最缺乏的是人才。

禹作敏十分重视领导班子人选。他常说："上梁不正下梁歪，烂都烂在干部上。"

禹作敏挑选进领导班子的，必须是思想好，而且肯干、能干的。同时，他对选拔干部的标准又加上了几条"土政策"：不孝敬父母的不要，不能教育好子女的不要，怕老婆的不要。

禹作敏认为，对父母都没有人情味，对别人能好吗？连子女都管不好，能管好别人吗？怕老婆的人进了班子，受不住枕边风让老婆涉政怎么能行？

在发展初期，禹作敏大胆起用了两个有历史问题的人才：刘万全和刘万明。

刘万全，干过炉匠，会搞电气，人称"刘万能"；刘万明，新中国成立前干过伪军，新中国成立后在钢厂搞过业务，后来被下放回家种地，交际能力出众。起用两个能人，冷轧带钢厂一举成功。

张延军20多岁时，在生产队的猪场当饲养员，为了摸索新的饲养技术和方法，喂死了200多头猪。禹作敏肯定他的事业心和创新精神，起用他组建电器厂获得成功。当年建厂，当年收回投资，并赢利 25 万元，第二年挣了 92 万元，第三年挣了 220 万元。

宗族矛盾历来是中国农村的一个大问题。

大邱庄有 40 多个姓，门户大的有张、李、禹、刘、马五大家。势大压人，户大欺人是历来的传统。

以前是一姓掌权，其他姓组成在野派，不断制造矛盾。为解决这一问题，禹作敏在自己统一指挥的前提下，让各姓都有人进领导班子，哪一姓的人出了问题，由哪一姓干部出面解决。这个办法果然灵验，大邱庄乱七八糟的矛盾减少了许多。

禹作敏坚持"疑人不用，用人不疑"，对各公司的领导人一经任命，就给予相应的责、权、利。对他们的工作不加干涉，支持他们发挥才干。在住房等生活方面给予特殊照顾，免除他们的后顾之忧。收入按照创造效益的 1% 提成。这种选拔使用人才的做法，正适应了改革和发展的需要。

除了重视领导班子建设，禹作敏同样重视人才引进和培养。他主持制定实施了一项长达 10 年的"借脑工程"，他要聘请 3 个 1000 名，即专家学者、经营人员、国际友人各 1000 名。到 1992 年，除了外国朋友和华侨的数量只有 200 多名以外，其余两项均大大超过了计划。

大邱庄的科技顾问团名单中，汇集了中国各领域的第一流专家，其中有高级职称的就达 224 人。正是他们，把大邱庄变成了高新技术成果应用的实验场。

农业表面上只有 8 个工人，可在他们背后，有一群制订植保和施肥方案的农业大学教授。来自北京、黑龙江等地的农业科学家，给大邱庄带来了当时国内最适宜当地种植的优良品种和农业机械的配套优化组合，带来了几乎全部全国最好的农业技术。

大邱庄津海公司有座新建的钢管厂，来自上海的高级工程师引进了一项国内最新的焊接技术，产能提高一倍。仅此一项，津海公司年利润增长 1000 多万元。

大邱庄的现代化养猪场，聘请的顾问是我国畜牧学界元老级人物，即著名养猪专家许振英教授、李炳坦研究员，还请来了高级畜牧师吴显生和高级兽医师巴云等。因此，大邱庄养猪场年产生猪由一万头提高到了两万头，1991 年跻身全国七大机械化养猪场之列。

在国家级生物化学专家陈佑才等主持下，大邱庄研制出了"饲料 BE 酵母剂"，获得国际博览会金奖，当时是我国饲料工业界唯一的。这项成果为大邱庄一年带来纯利 3000 万元。

大邱庄人才引进涉及各个门类：技术的、管理的、教育的、医学的等等。大邱庄人才引进可谓不拘一格，外地的、本地在外工作的、地方的、军队的、年轻的、退休的、在职的、离职的。

大邱庄能吸引人才的原因，在于它独特的人才生态环境。

大邱庄出台规定：凡是定居在大邱庄的高级人才，每人可以居住一所 200 多平方米的二层别墅式小楼，高档电器和生活用品一应俱全。村里每年拿出 100 万元，奖励在本村发展中作出贡献的知识分子，有特殊贡献的，奖励一辆小轿车。

对技术人才的奖励，有时远远大于对企业经理的年利润 1% 的奖励额度。两个内地研究所来的高工，对大邱庄一家机械厂进行了技术改造，使之增加收入 4000 万元，禹作敏作出每人奖励 100 万元的决定。

大邱庄对人才的吸引力还有一点非常重要，那就是"简单化"，就是"没有那么多的闲事"分散精力，能够专心搞科研。因为在大邱庄，衡量人才的标准只有一个，那就是生产力标准。

禹作敏的说法是："来财必有才，有才财必来。"财与才在大邱庄是一个意思，也就是"科学技术是第一生产力"。

大邱庄人过上全新生活

随着经济总量的不断翻番，依靠集体经济模式腾飞起来的大邱庄，对村民生活也进行了一系列深入探索与改革。

富裕起来的大邱庄人对生活要求水涨船高，他们首先推倒了土坯房，建设新住宅。禹作敏不让外地在建房方面的弊端出现在大邱庄。

大邱庄实行统一规划，统一设计，统一施工，既整齐美观，又方便实用。一户一个庭院，一排坐北朝南的主房，外加门楼、厨房等附属设施，水、电、暖气、煤气、电话等一应俱全，全部免费使用。

全村第一批共建设 780 个院落、5220 间砖木结构的房子。村集体统一付款建造，分配给村民居住。房屋产权归集体所有，免收房租，维修由居住者和集体共同负责。

后来，大邱庄又建起了几十幢单元式的居民住宅楼，同时还建起了一群别墅式的"人才楼"。

这些"人才楼"本来是为招引进来的高级人才使用的，但这些高级人才很少入住，大部分并没有把家搬来。一部分村民由庭院式平房搬进了楼房，"人才楼"分配给了本村有重大贡献的人。

村干部们集中住在一个大院里，每两户共用一栋四层城堡式的小楼。有几十个空下来的庭院，免费分配给外来职工家庭居住。

在过去，大邱庄人祖祖辈辈吃的是下雨流到坑里保存下来的积水。现在，建起了8座水塔，家家户户通上了自来水。

大邱庄的社会保障是从儿童开始的。一是发放独生子女补助，女孩比男孩更多。二是儿童医疗、保健一律免费。三是普通教育全部免费。

大邱庄的老年人保障包括养老保障、医疗保障、劳动保障、精神生活保障和丧葬保障。

大邱庄规定，凡在1978年开始办厂后工作，工龄满10年的村民，退休后可以领取原工资70%的养老金。工作不满10年的，男60岁以上，女55岁以上，也可以领到足以维持自己生活的生活费，对80岁以上的老年人实行特殊照顾。

大邱庄把果园果树下的土地划给老人耕种，收获归老人自己，还让老人负责街道的清洁卫生。这样让老年人有事干，身体还得到锻炼。

吸收老村干部、老复转军人组成道德委员会，专门纠正各种不道德行为，搞精神文明建设。

大邱庄村医院每年几次免费为老年人体检，发现问题及时治疗。老年人逝世后，村里发给丧葬费，并且建设了一个非常气派的存放骨灰的纪念堂。

大邱庄共有残疾人 100 多人，村里为他们参加劳动创造条件。村里办了两个福利厂，吸收残疾人去那里工作。

对于完全丧失劳动能力的精神病患者和智障者，则给予特殊照顾，派专人负责他们的吃、穿、住等日常生活。

大邱庄实行全方位的劳动保护，对因公受伤者，医疗费实报实销，并准予休假疗养。

大邱庄还投入较大力量维护社会治安。村里打架斗殴、偷盗扒窃等现象已经绝迹，但村里还拥有 100 多人的治安队伍，他们的任务是维护治安，保证人们正常的生产生活秩序，防止外人来大邱庄捣乱。

大邱庄对村民的婚配非常关心，规定外来的新娘子必须具有初中以上文化程度。

为了解决 40 多个 50 多岁的老男人的婚姻问题，禹作敏召集了一个大会，号召人们千方百计为他们当红娘，并且规定每促成一个老光棍的婚事奖励 9000 元，出门说亲的费用村集体负担。这样一来，村里热心人四处活动，外出的业务员处处留心，不少老光棍都结了婚。

禹作敏提出"两个文明一起抓""破除农民意识""观念更新"等口号，在大邱庄推行了一种全新的、向城市看齐的生活方式。

一是服装新潮化，提倡老年人穿新衣，干部、中青年穿西服。禹作敏带头穿西服、扎领带，而且给全村的每一位职工买了一套西服。宣布不穿新衣服的老年人不发养老费。二是组织老年人旅游，开阔眼界。三是清理回收旧家具，拆除土炕、土灶，统一供气供暖。四是鼓励夜生活。大邱庄建了好几个歌舞厅，禹作敏带头走进了歌舞厅。

禹作敏吃够了没有文化的苦，因此，1979 年，大邱庄工业刚刚起步，手里刚有了几十万元的时候，禹作敏首先想到的是办教育，向学校要管理人才、领导人才和技术人才。他们推倒了破庙，拆掉了土坯课桌椅，建起了新校舍，大大改善了办学条件。

1985 年，禹作敏投资 180 万元，盖了一所 4000 平方米，可容纳 1000 人的学校和幼儿园大楼，并为学校配备了有 200 台电子计算机的机房和设备齐全的实验室。在当时，可谓是非常现代化了。

在大邱庄，孩子从 4 岁进入幼儿园，然后上小学、中学和大学，全部学费、书本费都由集体负担。成绩优秀的学生还可以得到奖学金，有的高材生还被送到天津市重点中学去学习，以使他们有更大的发展。

大邱庄的适龄儿童入学率、巩固率和毕业率一直保持在 100%，30 岁以下的青年人消灭了文盲。

村里规定青年必须达到初中以上毕业才能工作，参加生产劳动也按学历高低定工种和报酬，全村形成了重视教育的好风气。

后来，大邱庄又与天津理工学院合办了理工学院大邱庄分部，设有机电、土建和企业管理 3 个专业，培养了大批实用技术人才。

二、逐步蜕化

● 禹作敏的住宅是座建筑面积 780 平方米的别墅楼，四周用高大的围墙圈起，院内有狼狗"巡逻"，门口有保安人员警卫。

● 禹作敏的穿戴也悄然发生了变化，再也不见当年的"土老帽儿"形象了。一身皮尔·卡丹西装，金丝镀膜眼镜，一条腰带就花了一万多元，简直一副标准的大款形象。

● 对于外来求见他的，他也要严格筛选。有位国家某部委的副部级干部想见他，被他拒之门外；德国著名的《明镜》周刊的总编辑想访问他，他说："告诉他，我没空！"

禹作敏开始走向腐化

1979 年，随着大邱庄经济的发展，禹作敏决定将全村的土房扒掉，修建清一色的四合院新村。1979 年至 1984 年间，大邱庄共建起 780 个院落、5220 间红砖房。

在一批批村民们兴高采烈地搬进新居时，禹作敏却没有动，仍然住在土坯房里。很多人都来劝他，他说："等全村群众都搬进新房后，我再搬也不迟。"

但是，时过境迁。随着大邱庄经济发展和声誉的提高，过惯了苦日子的禹作敏，生活慢慢地发生了变化。

禹作敏的变化，先是在住房上表现出来。走进大邱庄，越过一座座机声隆隆的现代化厂房，在肃静的居民区里，有一处围墙用黄琉璃瓦包头的高级豪华别墅区。

这是禹作敏和他的 13 位副总经理的居所。楼房设计新颖、别致而又各具特色。

禹作敏的住宅是座建筑面积 780 平方米的别墅楼，四周用高大的围墙圈起，院内有狼狗"巡逻"，门口有保安人员警卫。传达室设有电话，找禹作敏及其家属必须先用电话联系，经同意方可进入。

别墅分三层楼，一层是家庭酒吧、休息室和宴会厅。进门就看见一米直径的玻璃吊灯，串串珠穗把橙黄的光反照在壁橱内五颜六色的酒瓶上，厅内摆放着豪华羊皮沙发，殷红纯毛的地毯和泛着琥珀色光泽的打蜡地板相互辉映。整个布置金碧辉煌。

二层是总统套间和办公室。总统套房共有3间，一间是禹作敏的卧室，一间是办公室，一间是警卫员卧室。

在总统套房卧室内，一台38英寸的大彩电正对卧床摆放着。居室内，现代化的通信设备一应俱全，仅镀金电话就装了6部。在这里，安装了与天津市联网的程控电话和监视全村的闭路电视系统，以及随时可以向全村发号施令的广播。与禹作敏办公室相邻的，是女秘书的办公室。

三层是卧室。办公楼的前面是花园；办公楼的后面有专为禹作敏建设的游泳池。

禹作敏丢掉了用了几十年的旱烟袋，改抽中华牌香烟。他也很少吃米、面了，饮食以河蟹、燕窝等山珍海味为主，人参等高级补品是应有尽有，享用这些也成了他的家常便饭。这些高额的费用都从自己实报实销的医疗费中报销，这种待遇在大邱庄是独一无二的。

禹作敏的穿戴也悄然发生了变化，再也不见当年的"土老帽儿"形象了。一身皮尔·卡丹西装，金丝镀膜眼镜，一条腰带就花了一万多元，简直一副标准的大款形象。

禹作敏组织了号称"一百单八将"的治安人员，实际也是他的私人保安队伍，他指向哪里他们冲向哪里。为了自己的安全和气派，他还建立了一支保镖队伍。只要他外出，总是让保镖们分乘 4 辆奔驰车紧随。

天津市委有位领导逝世后，禹作敏前呼后拥地前去吊唁，到了现场，保镖们被挡在了门外，禹作敏气得直骂娘。

禹作敏像一个封建时代的皇帝，饮食起居都要人服侍。每天两次按摩雷打不动，一次在白天，按摩半个小时，一次是晚上入睡前，按摩到入睡为止。

即使在"接见"人的时候，他也是随随便便地靠在沙发上，吸烟时由服务人员点上送到他嘴边，抽完后拿走烟蒂，并换上下一支。

他的"坐骑"经过几次更替，换成了奔驰 560 型。后来，他得知天津市委主要领导人的专车也是奔驰 560 型，便又换成了天津市独一无二的奔驰 600 型。

禹作敏的住宅到他的办公室只有两三百米，但每日都要专车接送。

一位记者问禹作敏："你坐这样的豪华车，别人怎么看?"

禹作敏回答："问这种问题本身就是不懂商品经济，在我看来，坐凯迪拉克、奔驰汽车本身就是一种投资环境。大邱庄已经和美国、日本等国建立了 30 多家合资企业，如果我们还像过去那样骑毛驴、腰里揣根旱烟袋、头上包块白羊肚毛巾，一副穷酸的老农形象，外商能跟我们合作吗?"

一位在职官员质问禹作敏："中央各部的部长都不坐

这么豪华的奔驰，你是什么级别，你敢坐？"

禹作敏回答："我们农民没级别，别拿我们跟有级别的比！"

一位已经离休的老干部对禹作敏说："我是流血流汗扛枪打仗过来的，现在才坐一般的轿车。你禹作敏有了钱就敢搞特殊，超标准坐车?！"

禹作敏很客气地回答："你是带着穷人打倒了富人，我是带着穷人变成了富人！"

逐步蜕化

禹作敏越来越骄横狂妄

随着事业上的蒸蒸日上，禹作敏逐渐狂妄骄横起来。

禹作敏一直不甘心。他根本看不起乡里、县里的那些领导干部，连天津市领导的话他也爱听不听的。

天津有位作家叫蒋子龙，他以《乔厂长上任记》在文坛立住了脚，并以善于写改革人物特别是工厂里的人物而闻名遐迩。

禹作敏读过《乔厂长上任记》，也看过由此改编成的电影。禹作敏就让人捎了一封信给蒋子龙，信中说：

> 5 年前我就看了《乔厂长上任记》，当时看了 4 遍。我佩服你蒋子龙。但是，你的乔厂长不如我胆大，乔厂长不如我！

蒋子龙收到禹作敏的这封直言不讳的信，很是感动和振奋，凭着作家的激情，他放下写了一半的长篇小说，放下了他最熟悉和拿手的工厂题材，来到大邱庄体验生活，并写出了《燕赵悲歌》。

这本不足 10 万字的小册子，1984 年由中国青年出版社出版，发行量达到 4 万多册。

熟悉禹作敏的人读了这部小说，都说太像了！人们

一看就知道人物原型就是禹作敏，整个作品就是大邱庄的艺术再现。

禹作敏开始时对蒋子龙很是感激，认为在所有反映大邱庄的作品中，《燕赵悲歌》最好。但是后来禹作敏发现，该书不少篇幅写了主人公武耕新与村妇联主任何守静的暧昧关系时，他对此非常不愉快，认为这有损自己的形象。因为禹作敏的感情生活中，恰恰有这个故事的影子。

禹作敏对蒋子龙很不满意，但没有采取状告作家的做法。只是从那以后，禹作敏不再提起蒋子龙，蒋子龙也不再写有关大邱庄和禹作敏的作品了。

大邱庄富裕起来了，禹作敏认为是自己一个人的功劳。

大邱庄的成人中甚至有人高喊：

爹亲娘亲不如禹书记亲，天大地大不如禹书记的恩情大。

面对村民的感激乃至顶礼膜拜，禹作敏欣然接受，并慢慢陶醉在其中了。

大邱庄到处可见禹作敏手书的题词、庄训。广播中还不时发出"禹书记关于×××问题的指示"的声音。

在巨大的成绩面前，在盈耳的颂歌面前，他开始骄傲了，越来越目空一切了，逐渐变得狂妄起来。

禹作敏的住地和办公地戒备森严，本村村民只能从电视上看到他的形象，从广播里听到他的声音，想得到他的接见十分困难。

对于外来求见他的，他也要严格筛选。有位国家某部委的副部级干部想见他，被他拒之门外；德国著名的《明镜》周刊的总编辑想访问他，他说："告诉他，我没空！"

有一次，禹作敏生病，到天津市某医院住院。村里派了好几个人殷勤伺候。禹作敏抽当时最高级的中华牌香烟，吃价格昂贵的河蟹。

同病室一位级别不低、工资颇高的老干部，看着禹作敏表现得这么气派，于是便疑惑地问禹作敏是干什么工作的。

禹作敏回答说自己是农村的村党支部书记。

"这么说是'土皇帝'了！"这位老革命对一些基层干部的所作所为早有耳闻，此时又目睹了眼前一幕，便有些不满地这样调侃。

禹作敏得意扬扬地回答："去了'土'字我就是皇帝。"

为了此事，这位老干部给天津市委写了一个材料，提出了几个严肃的问题。

市里便派人到县里调查，当时的县委领导在材料上批了个"情况属实"。

禹作敏知道后大为不满，大骂这位老干部患了"红眼病"。他不仅没有丝毫的收敛，反而公开以"土皇帝"自居，并且多次在公开场合大肆宣扬，以显示自己不怕"红眼病"。

中央电视台《正大综艺》节目的负责人来到大邱庄，想邀请禹作敏到该节目中做嘉宾。

节目负责人自信禹作敏肯定会愉快地接受邀请，大邱庄人也都认为禹作敏会一口答应的，因为这正符合他"给咱农民露露脸"的心理。

但是，想不到禹作敏听了，却一脸不屑的神气。他面对那几个前来相邀的人士，冷冷地说："等着吧，总有一天，我要让《正大综艺》变成'大邱庄综艺'！"

说完，禹作敏头也不回地走了，把那几位乘兴而来的人士扔在了一边。

禹作敏最终也没有到《正大综艺》节目去给农民露露脸。因为禹作敏认为，《正大综艺》是由经营种子而起家的正大集团赞助的，他认为正大集团还不如大邱庄呢！

外交部组织一部分外国驻华使节到大邱庄参观。禹作敏让人把他们的汽车全部挡在村外，而用大邱庄自己的汽车把他们接进村。

禹作敏向参观者展示了大邱庄的工厂、田园、民宅、别墅和办公室，同时向他们介绍了大邱庄辉煌的创业史。

在这些外国使节为大邱庄的富裕而惊奇之时，禹作敏郑重宣布：

大邱庄准备派人到外国留学，鼓励他们在国外找对象。谁给大邱庄带来外国媳妇，给予奖励。

…………

在场的外国使节都笑了，说不清是附和，是开心，还是嘲弄。

禹作敏大搞独裁式集权

禹作敏作为大邱庄的第一号当家人，他所拥有的权力随着大邱庄名气的提高也越来越大了，他所拥有的权力不受任何监督和制约。他在大邱庄简直说一不二，一言九鼎，顺之者昌，逆之者亡。

在他的辖地里，不管是招贤来的外地人才还是土生土长的本地村民，不管是年高辈长的老人还是刚上幼儿园的娃娃，一律毕恭毕敬地称他为禹书记或者董事长。

谈起禹作敏，大邱庄人一般称他为"老头子"，外村人称他为"庄主"。

禹作敏的个人权威早就代替了集体领导。他的意志就是村领导班子的意志，大邱庄的每一位干部或者村民都必须不遗余力地执行，否则会被制裁，被撤职，被取消生活待遇。其他领导班子成员形同虚设，根本没有条件对禹作敏的行为进行监督和约束。其他干部能做的事，除了执行禹作敏的指令，就是处理、调解民事纠纷。

村里有一位禹作敏赏识的青年要入党，党员会议上几次都没有通过。又一次开会，禹作敏断然说：同意入党的别举手，不同意的举手。

在他的瞪视下，全体党员无声无动，他随即宣布："通过！"

逐步蜕化

他认为自己就是改革开放的化身，谁要敢批评他，谁就是反对改革开放。谁敢在他个人问题上提出不同意见，他就会用"专政"的办法来对待，铁的手腕，毫不留情。

那还是 1982 年，禹作敏带领社员盗抢大港水库的芦苇，被人举报，受到了县委清查组的调查。后来他了解到此事是大邱庄学校校长李炳凯揭发的，就把怨气一股脑儿发泄到李炳凯的身上。

他先是撤销了李炳凯的校长职务，继而指使禹家打手趁夜间用梯子爬墙头跳进李家院内大打出手。李炳凯和妻子惨遭毒打，连他们不足两周岁的孩子在床上睡觉，也被一把扔到床下。

李炳凯一家惊惧万分，走投无路，只好逃离大邱庄，流浪在外。后来，到静海县大屯村落了户。

1988 年 12 月，大邱庄农场工作人员田吉兴，向场长孙岳先申请住房。孙岳先问他要哪一层，田吉兴说："一楼太脏，五楼、六楼老母亲又上不去，给我二楼、三楼都行。"

孙岳先随口说了句："二至四楼都是禹作敏的亲属住。"

禹作敏得知后，就在全村大会上指责孙岳先思想保守、落后，与党支部不保持一致。于是，孙岳先的场长职务被撤销了，党支部成员资格也被解除了。

1989 年春，禹作敏以帮助孤寡老人为名，在村内募捐了 10 多万元钱。

此时，电器厂职工顾廷岳的弟弟给禹作敏写了一封匿名信，问他募集这么多钱干什么用。

这一下惹恼了禹作敏，他查出匿名信是顾廷岳的弟弟所写后，就把顾廷岳的弟弟带到党支部办公室进行"教育"。

小顾被打得几次昏迷过去，直到被打得几乎断了气，才由大邱庄医院的大夫带着氧气抢救过来。

当顾廷岳的弟弟身体恢复后回到原单位，却被告知停止工作一年，罚款两万元。

顾廷岳一气之下，狠狠打了弟弟一顿。

禹作敏得知后，便下通知说："顾廷岳的态度明朗，他弟弟的工作不停了，款也不罚了。"

就这样，大邱庄每个人的命运都可以被禹作敏随便地玩弄在股掌之上。

不仅禹作敏本人如此，在大邱庄，凡是禹姓家族和与其沾亲带故的，都高人一等，在住房、就业、生活待遇等方面享有很大的特权。

在选拔使用干部上，禹作敏更是拥有绝对的权威。禹作敏曾说：我用的人，群众选出来的一个也没有。村里所有承包单位的承包人都由我任命，工资奖金都由我定。

村里几个大厂的主要领导，多是禹作敏本家堂弟、女婿等，或是忠于他的人。

逐步蜕化

禹作敏认为，大邱庄没有他禹作敏，不会富裕起来。所以，他认为自己对大邱庄的财富，有绝对的支配权。

禹作敏曾在一次产权改革座谈会上说过这样的话："现在每个集团都有 10 多亿资产。这究竟是属于谁的？""是个人的？还是集体的？都难说！""大队没给一分钱，当初向银行贷的几万元款都还了。国家也没有投资。"他由此推论："这几十亿资产也可以说是我的。"

正是这种思想，让禹作敏千方百计控制大邱庄，维护本家族及其亲信的特权。

随着岁月的流逝，禹作敏感到自己老了。他想到的第一件事就是为自己"树碑立传"，以便让后人也知道自己的"丰功伟绩"。

以前，各种报刊上关于禹作敏的文章也不少了，自大邱庄出名以来，先后有《实践和构想》《大邱庄精神代代传》等 7 本书面世，还有难以计数的零星报道。

禹作敏认为那都是从某一个侧面来写的，不能表现他的全部人生历程。也有人为他写过传记，但他又对其文采不满意。

他求助于大手笔，希望通过他们为自己留下一部完整无缺的、光芒四射的正传，但不少大家了解情况后都婉言谢绝了。

无奈之下，禹作敏只好让人在办公室安排了一个干部，专门为他的重大活动进行录像，积累资料，以待时机。

禹作敏想的第二件事就是接班人的问题。他认为大邱庄的事业就是他家的事业，要世世代代地传承下去。

禹作敏有三男两女，他不讲长幼次序，坚持以才为主，因此看好次子禹绍政。

为了培养禹绍政，禹作敏可谓煞费苦心。

他先让禹绍政担任村团支部书记，锻炼他的才干，更为了积累他主政的资本。

在禹绍政的主持下，大邱庄团支部的工作范围和权力远远超出本来的限度。团支部不仅对全村团员和青年有着绝对的领导权，规定不入团不能入党，不入党就不能当干部。而且，村里的每一项重大决策都要经过团支部的同意，村里的所有干部都要由团支部负责考核和推荐。

扶植一个人要舆论先行，禹作敏自然懂得这个道理。他经常在公众场合堂堂皇皇地说：

选拔年轻人，培养年轻人，以改革的立场、观点、思想为标准，这是我们一贯的做法。

为了让禹绍政积累赖以服人的资本，禹作敏苦心经营。

大邱庄在天津市的服装街办有一个致远商场，但经济效益一直不好。20岁出头的禹绍政奉命接管。他接过来以后，靠着天时地利人和等有利条件，商场效益节节

逐步蜕化

上升。

禹作敏大喜过望，把禹绍政的政绩到处宣扬。

禹绍政出了名，他的形象，连同他美丽妻子的玉照，一并出现在杂志上。

禹作敏下定决心要立禹绍政为接班人，便不断地对他委以重任，目标是最终将大邱庄农工商总公司总经理的交椅交给他，但表面上还要掩饰一下。

禹作敏考虑，虽然禹绍政上过大学，学过外语，也有些才华，而且在外名气响亮，在村内说话有人听，也有些成绩。但他毕竟是个20刚出头的毛头小伙子，根基尚浅。而大邱庄能人很多，各集团公司的总经理都是经营管理方面出类拔萃的人才，而且大都三四十岁，年富力强。

为了表面上说得过去，也为了让班子里的其他成员不至于太反感，禹作敏说："在2000年以前，暂不考虑接班人的事。目前看好的是禹绍政，以后如有更合适的再考虑。"

为了防止出现他禹家世袭传位的说法，禹作敏自己解释说："我这是用贤不避亲，用亲必须贤观点的体现。"

禹作敏对抗地方政府

禹作敏有很强的封建领主观念，自视为大邱庄的老大，无论是谁，只要违背他的意志，他都坚决不答应。即使对上级组织，他也是如此。

1982年，身为大邱庄党支部书记的禹作敏为了大邱庄小团体的利益，亲自带领部分社员到大港水库偷割、哄抢芦苇。

很显然，这是盗窃国家物资的犯罪行为。静海县委接到了举报，立即组织了20多人的清查队进驻大邱庄调查情况。

禹作敏并不害怕，他认为他这样做绝不是为了个人，而是为了大伙利益。自古以来法不责众，上级奈何不了他。于是，他暗中做了一番安排。

清查队进驻大邱庄后，禹作敏或避而不见，或装聋作哑，不交代任何问题。

清查队不仅在工作上一筹莫展，而且每天都有干部和群众轮番到清查队驻地骂大街，甚至还有人拿着刀子围攻队员，驻地的门窗也被暗处飞来的砖头砸坏。

清查队员们顾不得执行县委的指示，连自己带来的铺盖都不敢拿，连夜回了县城。

大邱庄隶属于蔡公庄乡，是该乡的一个行政村。然

而，乡领导早已不被禹作敏放在眼里，对静海县的领导他认为可有可无，对天津市的副职领导的指示，也是置若罔闻。

在禹作敏看来，那都是一帮昏官，一群无能之辈，真正高明的只有他自己。

对于上级的指示，合自己心意的就执行，不合自己口味的便一概指斥为官僚主义。

1989 年，鉴于大邱庄经济的发展和流动人口增多的实际情况，县公安局在大邱庄增设了一个派出所。

禹作敏历来重视治安工作，他一向认为"无农不稳，无商不活，无工不富，无警不安"，于是亲自出任了这个派出所的指导员。

禹作敏多次以村里的名义写报告，要求把大邱庄村民组成的协助派出所工作的治安联防队队员，列为正式公安编制，但都没有获批准，禹作敏大为不悦。

1991 年，由于种种原因，这个派出所又被撤销了。禹作敏大为不满，扣住部分枪弹硬是不上交。他还因为这件事迁怒于天津市公安局的主要领导。

1991 年 4 月，中国乡镇企业家第二届年会在沈阳召开。在会上，有官员对禹作敏骄傲自满的工作作风进行了委婉的批评。

禹作敏丝毫也不接受，他认为这是不给他面子。于是，不等会议结束就打道回府了。

1992 年 5 月，天津市推选出席"十四大"的党代表，禹作敏名落孙山。

6月20日，中共大邱庄委员会开始向新闻界散发一封《公开信》，其中列有10条：

············

第五条，我们声明，今后选举党代表、人大代表，我们均不介入，否则会影响其他人选；

第六条，天津部委来人，我们一要热情，二要尊敬，但一定要身份证，防止坏人钻空子；

············

第十条，我们要明白，更要糊涂，明白加糊涂，才能办大事。

孤愤、怨恨、对立之情，跃然纸上。

禹作敏与天津地方政府的关系，在这种对立情绪中逐步恶化了。

1991年抗洪，天津市号召捐款救灾。大邱庄认捐100万元，但当禹作敏听说负责此项工作的是天津市副市长某人时，他马上沉下脸来，命令会计一分钱也不许给。

在禹作敏看来，大邱庄的成就是大邱庄人干出来的，是在他禹作敏的带领之下干出来的。谁都没有理由和资格，对他和大邱庄指手画脚、发号施令。

禹作敏对县委几次把他从劳动模范、优秀党员的名单上划掉的事，耿耿于怀。

禹作敏宣布：大邱庄的家只能大邱庄人来当。实际上是由大邱庄利益的集中代表禹作敏来当。

禹作敏这样说：农民要当家做主人，不当自己的家，能做真正的主人吗？

在禹作敏眼里，那些不合他心意的官都是昏官、糊涂官，对他们的指示只有顶才行。禹作敏甚至不无得意地说：大邱庄能有今天，就是靠顶出来的。

三、 走向深渊

● 禹作敏说："我禹作敏在县城盖洋楼，你刘金刚敢怎么着我？你刘金刚纯粹是个祸害。"

● 大邱庄的大街上还贴满了"打死人无罪""打死刘玉田活该"等大幅标语。

● 对司法机关的判决，广大群众拍手称快，而禹作敏却闷闷不乐。他认为这是司法机关不给自己面子。

禹作敏策划制造血案

禹作敏的两个女儿均已出嫁。禹作敏在静海县城为她们每人建了一幢小楼，配了一辆汽车。大邱庄许多人都知道这件事，只不过都不敢说。

1990 年 3 月的一天，大邱庄工业总公司副经理刘金刚的司机高玉川，只说了一句，"禹书记这一下就用了几百万"，禹作敏知道后勃然大怒，马上下令对这个司机进行审查。

殴打、审讯、关押，精神的折磨和肉体的痛苦相交加，为了寻求解脱，这位司机被逼得喝农药自杀，后幸而被救。

大邱庄农工商总公司副经理张玉银见状，觉得有点过分，便劝禹作敏："这件事没有多大，就不要兴师动众了。"禹作敏没说话。

不久，张玉银就在全村大会上被指责为"与党委不保持一致"，被撤销了所有职务，并限期搬出村领导的住宅"人才楼"，责令回到普通村民的庭院去。

禹作敏怒气冲冲地教训道："张玉银你没人心，到了用你的时候，你就掉链子，与党不保持一致。"

有人敢于背后议论自己，这是禹作敏最不能忍受的。禹作敏决定杀一儆百，追查到底。于是，他把重任交给了他的一个弟弟。

他弟弟得了令箭，立即组织村管委会成员继续审问高玉川，追查消息的来源。

高玉川在经受了4天的严刑拷打后，终于供出是在车上听工业公司副经理刘金刚说的。禹作敏弟弟取得笔录后，立即呈送禹作敏。

禹作敏得到证据，马上召集党支部会议。禹作敏声色俱厉地讲："刘金刚没良心，造谣惑众，破坏改革，要严肃处理。"

禹作敏的弟弟、儿子和侄子纷纷表示赞成。

4月4日，禹作敏把刘金刚传唤到村部，严厉地指责说："我禹作敏在县城盖洋楼，你刘金刚敢怎么着我？你刘金刚纯粹是个祸害。"

刘金刚不服。禹作敏就说刘金刚有经济问题，派人整整查了两天。

恰在此时，禹作敏的堂弟禹作相说刘金刚的弟弟，也就是本村村办家具厂厂长刘金会猥亵过自己的女儿，要求禹作敏做主出这口气。

说起来刘金刚和禹作敏是亲戚，刘金刚的父亲叫刘玉田，刘玉田之妻禹氏为禹作敏二姑。刘金会兄弟计4人，依照农村长幼排序，分别为刘金刚、刘金会、刘金峰、刘金功，刘金会还有两个妹妹。换言之，禹作敏兄弟4人禹作哲、禹作新、禹作敏、禹作瑞，实为刘金会之姑表兄，而禹作相则为禹作敏堂弟。

4月10日上午，禹作敏指使一些人在禹贺田家召开会议，商议对刘家实施打击。

4月10日晚，禹绍龙、禹作民纠集禹作立、禹作岭、禹绍祥、禹绍忠，殴打了刘金会泄愤，并非法搜查了刘金会的家，将刘金会3.7万元的个人存折和现金4000元全部掳去。随后，将刘氏四兄弟都抓起来扣押在大邱庄派出所等不同的地点。

禹作相、禹绍立又迁怒于刘金会之父刘玉田，提议殴打刘玉田，其他5人也都表示同意。

当晚，7人先蹿到大邱庄治安派山所内，再次殴打刘金会，然后约定次日上午在禹作民之父禹贺田家集合，一同去找刘玉田算账。禹作敏对此支持，说："把他弄到大街上去，啐一啐，寒碜寒碜他。"

4月11日9时许，禹作相、禹作立带领其他5人闯进刘家，将64岁的刘玉田带到村供销社附近的大街上，先对刘啐唾沫，打耳光，然后大家一齐动手毒打。

将刘玉田打倒在地后，禹作相、禹作立使用皮腰带，禹绍祥、禹绍忠用带铁皮头的胶管，禹作民、禹作岭用鞋底殴打刘玉田。虽然刘玉田在地上苦苦哀求，7人仍不罢手。直到刘玉田奄奄一息时，他们才离开现场。

这时，刘玉田的女儿赶来，见此情景央求出车将其父亲送往医院救治。谁知大小汽车成队的大邱庄竟无人敢应允。最后，她几经周折才借到一辆平板手推车，将父亲送到大邱庄医院。

经医检，刘玉田肋骨骨折 8 根，肾组织出血，肝肾破裂，腹腔积血达 600 毫升。经抢救无效，于当日下午死亡。

刘玉田死后，市、县公安局接到报案，及时组织警力调查。禹作敏一直躲在幕后策划指挥，企图使一些犯罪分子逃脱法律的制裁。于是，他以文件形式向上级报告，称：刘玉田一贯横行乡里，欺压群众，早有民愤。

这还不算，4 月 11 日下午，禹作敏从幕后走到前台，亲自主持召开大邱庄全村职工大会。

会前，刘金刚、刘金会、刘金功全部被押至台前，一律捆绑并低着头，身后有人按着。刘金峰因钝器击伤自己头部自杀未遂，还处于昏迷状态，依旧被扣押在万全集团保卫处，于是未得上台。

禹作敏声称："刘玉田早就该死，他死有余辜！"

禹作敏接着说："有水平的可以上台揭发刘玉田，没水平的可以骂大街。"

为了封锁刘玉田被打死的真相，从 4 月 11 日刘玉田被打死到 16 日尸体火化，禹作敏派人对大邱庄医院实行了戒严，不准死者亲属到医院向遗体告别。

4 月 12 日和 13 日，禹作敏还两次非法组织了近 2000 人的大游行，"声讨"刘玉田。游行者一路高呼"打倒刘玉田""刘玉田死有余辜"等口号。

与此同时，大邱庄的大街上还贴满了"打死人无罪""打死刘玉田活该"等大幅标语。

在游行队伍中，刘玉田年仅 12 岁的孙女，也被胁迫与其他人一面高呼打死自己的爷爷"活该"，一面偷偷地流泪。刘玉田 15 岁的孙子一连 4 天不让回家，被逼着在学校写检讨书，要他彻底与爷爷划清界限。

4 月 14 日，市、县公安局要求禹作敏交出凶手，他故作不知。于是，大邱庄又召开了一次群众大会。名为罪犯投案自首大会，实则是为凶手庆功大会。

在会上，凶手们坐在台上，喝着茶抽着烟，而被害人的家属反而被押解着站在台下，低头弯腰，受尽了折磨。会后，凶犯们各自回家，谁也没有被拘捕。

直到 5 月 25 日，天津市公安局和静海县公安局派人到大邱庄捉拿凶犯，禹作敏才慌了手脚。他一面硬顶着不让干警抓人，还把前来抓捕凶手的干警硬留住在大邱庄待了一夜，一面又假作"自首投案"，用本村的汽车把凶手送到静海县公安局。

为了包庇喝令打人的禹贺田，竟让禹作正冒名顶替。结果禹贺田没有被抓，禹作正也被释放回村。

动手殴人致死的 7 人，年岁最大的禹作相 56 岁，最小的禹绍忠时年 28 岁。

天津市中级人民法院根据事实与证据，对 7 人以故意伤害罪审判。据天津市中级人民法院 [90] 津中法刑一判字第一六七号刑事判决，以故意伤害罪分别判处禹作相、禹作立无期徒刑，剥夺政治权利终身；禹绍龙有期徒刑 15 年，剥夺政治权利 3 年……

一审宣判后，除禹作民外，其他 6 人均表示不服。1991 年 6 月 18 日，天津市高级人民法院刑事审判庭根据《中华人民共和国刑法》的有关条款及《中华人民共和国刑事诉讼法》的有关规定，作出"驳回上诉，维持原判"的终审裁定。

在对刘玉田事件的处理上，静海县原公安局局长孙家芝亦有牵连。1990 年 9 月，即案件处理末期，孙家芝因涉嫌参与"大邱庄打人致死案"事后造假，被撤销了公安局局长的职位。

调查得知，静海县公安局于 1990 年 4 月 11 日 9 时接到刘金峰二妹关于其父被群殴致死的报案后，孙家芝迅即携民警数人赶至大邱庄。

在了解案情后，孙家芝与禹作敏磋商并暗示称："你不让我抓人也行，但你得给我把声势造出去，不造出去，人我必须要抓。"

不多时，禹作敏依照孙家芝的建议，为包庇打人者造成舆论颠倒的现实，组织相关人等大面积张贴大字报、策动游行、倡议给禹作相家属捐款等一系列舆论造假动作，整个村子各条街道两侧全部贴满了标语。工厂停工，学校停课，数千人围着大邱庄高调游行，群众高呼"打倒刘玉田""砸烂刘家家族"等口号。

刘玉田被"活活打死"的当天，刘金会已被扣押在大邱庄派出所达数天之久，禹作相率同族 7 人气势汹汹前往派出所。当时大邱庄派出所所长周文全，得知此消息后，借故离开，禹作相等人于是得以又一次痛殴刘金会。

而此时，刘氏其他 3 兄弟也已被禹作敏全部控制且均遭毒打：刘金功被关押在津海公司保卫处，刘金刚被关押在尧舜公司保卫处，而刘金峰则被关押在万全公司保卫处。

对司法机关的判决，广大群众拍手称快，而禹作敏却闷闷不乐。他认为这是司法机关不给自己面子。

于是，他又组织 2000 多人上书司法机关，以示"抗议"，并且迫不及待地在全村大会上宣布：大邱庄每 200 户养一户罪犯的家属，吃住全负责。

禹作敏还发动群众为凶手捐款 10 多万元，分给了各个罪犯家属。

另外，禹作敏还分别于 1991 年 8 月 5 日和 8 月 27 日以大邱庄党委的名义，向社会广泛散发了《致各位领导、执法机关及有关同志及新闻界的朋友们的一封信》《致各级党政领导、执法机关、新闻界、理论界、文艺界、企业界改革的同志和朋友们的一封信》两份材料，对天津市高级人民法院的终审判决表示不服。

在大邱庄散发的两份材料中，都否认打人是有预谋的，打人者只不过是找刘玉田说理。

8 月 27 日的材料上说，因禹作相等人与刘玉田发生口角，激怒了被告和围观群众，引起被告打人，群众参与乱打。并说，刘玉田是被众人群殴打死的。还认为刘玉田的人命案是搞不清的一案。在这份材料中，公开指责天津市司法机关：

> 请问审判长，为什么不来我们大邱庄调查，不要因为我们的改革步子快，就把犯罪人的罪行弄不清就判，当然更不应该因为我们是改革的先进单位，就把犯罪的人应该轻判的重判，应该重判的轻判。这样做，既破坏了法律的尊严，又怎能服人心。

在材料中，这桩刑事案件和大邱庄的经济建设牵扯在一起，提出了"特请诸位看看我们的改革难不难，难到何时才算完"的问题。似乎禹作相等人不判刑才算公正，打死刘玉田是活该。

禹作相等7人被判刑后，禹作敏对刘家的报复进一步升级。

除了刘玉田的4个儿子被殴打拘禁外，刘家其他亲属也被非法监禁，最长的一个多月，最短的3天。

就连刘金会未成年的4个侄子、侄女们也被非法拘禁在学校内，不得越雷池半步。

刘金会的妹妹刘金云去厕所都有男看守跟着，这些男看守频频朝女厕所探头窥视。当刘金云指责他们的卑鄙行径时，得到的回答是："奉上级命令，执行公务。"为此，刘金云到派出所讲理。

禹作敏闻知后反而诬称：刘金云诬蔑治安员，罚款3000元。上午不交，中午就罚6000元。

他还对看守们发命令：谁要是让刘家跑了一个人，就停止谁的工作，两年内不准上班。

1991年8月下旬，刘金刚要骑自行车去岳父家，被看守从自行车上拽下来，还遭到一顿毒打。刘金刚的弟弟刘金功把看守打人的场面用照相机拍照下来，跑出村准备到县里告状。

结果，被禹作敏派人在静海县车站抓住，当场搜去状纸、照片和所带的现金。刘金功被押回大邱庄非法关押了3天，不给饭吃也不通知家里人。刘金刚一气之下想去告状，刚一出村就被抓了回来，被无辜地关押了8天。

后来，刘氏兄弟实在不堪忍受禹作敏的暴虐行为，他们在一个月黑风高的夜里，取道邻居小院，含泪逃离了大邱庄，被迫到外地谋生。

刘玉田的女儿刘金云则被禹作敏派人看守，非法管制达两年之久。

非法拘禁殴打外来师生

在大邱庄的村民面前，禹作敏为所欲为，在外地来的参观者面前，禹作敏有时也同样显得狂妄自大。

1992 年 11 月 27 日上午，北京国家安全局第三局所属干部学校的 27 名学员，由班主任程钢带领，到大邱庄做社会调查。

到达大邱庄时，已近11 时。接待处安排他们15 时听情况介绍，中间的闲暇时间，可以在大邱庄随便参观，任意提问了解有关情况，大邱庄人肯定会热情相迎，有问必答的。

午饭后，学员贺海鹏、张新泽、王普司等人，真的按接待处的话在大邱庄闲逛。他们来到香港街博通商店，查看了商品以后，向营业员详细询问店内商品的货源、价格、利润率等情况。

想不到，该店的女老板却很不高兴了。她大概很讨厌这种只问不买的顾客，尽管学员们赶紧说明了身份和来意，她还是很不耐烦地说："老问嘛？要问你们到接待处去！"

王普司觉得简直有些不可理解。他就对接待处关于大邱庄人文明素质的介绍产生了怀疑，便自言自语地说了出来。

王普司的话被女老板听到了，女老板勃然大怒，侮辱性的语言脱口而出。学员们不甘忍受，于是一场争执随之而来。

原来，这个女老板正是大邱庄企业集团总公司副董事长兼秘书长石家明的妹妹。女老板立即打电话，并让营业员去喊人，很快，一群保安如从天降，把学员带进了治安联防队。

一进屋，他们就把学员们围住。一个手持对讲机的汉子按住张新泽的头就往墙上碰，接着又打了他重重的几个耳光，边打边骂。

学员们出示了证件，但这些联防队员们反而怒吼道："打的就是你们这些公安干部！你们公安人员又怎么样啊，这里是大邱庄！"

于是，棍棒与拳脚并用，把学员们打得个个头破血流，其中一个被砸了一头一脸的奶粉后，又被拖到卫生间用拖布"洗脸"。

随后，学员们又被带到村治保会。治保主任周克文头一句话就是："给我打！往死里打！谁不给我往死里打，我就找谁算账！"

学员们又被一阵暴打。

班主任程钢得知消息，急匆匆赶到治保会。几句话刚过，治保主任周克文挥起拳头照着程钢的脸就是一拳，骂道："老子今天打的就是你这个流氓头子！"

一直到 16 时，禹作敏在听取了周克文的汇报后出面了。

在企业总公司办公室，程钢被强令站在屋子中间。禹作敏被众人簇拥着居中而坐，他问程钢："你就是他们的领导？到大邱庄来干什么？"

"我们到大邱庄来进行教学实习，参观调查。"程钢如实回答。

"不是吧。"禹作敏说，"你们是来耍流氓的！"他说话时看到了程钢手上的血迹，又说："看你那血！你也打人了！"

"这是被你们的人打的。"程钢分辩道。

禹作敏一个眼色，屋里的打手立即一拥而上，又是一顿拳脚相加。石家明竟也不顾自己领导干部和女性的身份，向前揪住程钢的头发边打边骂："打死你这个流氓头子！"

随后，学员张新泽被反剪着双手押了进来。禹作敏问他为什么骂街。张新泽不承认，又遭到一顿毒打。

师生们不肯"认罪"，禹作敏于是带他们到那个商店去看"被破坏的现场"。然而，在那里却没有看到任何被损坏的东西，只有几件衣服被碰歪了。

回到会议室，禹作敏说他们把玻璃给砸碎了。程钢和学员们不承认，又被一阵拳打脚踢之后，师生们再次被押到那家商店。

这一次，商店地上果然碎玻璃遍地，商品也一片狼藉。禹作敏就是要师生们认罪。

一直到 21 时多，北京校方得知消息，打电话到大邱庄要求放人。禹作敏对程钢说："你们不能这样一走了之。你得写一份悔过书，承认喝酒闹事，侮辱妇女，打伤群众，砸坏玻璃。不然，我怎么向人交代？"

程钢按照北京校方暂时委曲求全的指示，违心地写了一份"悔过书"。这才被释放出了大邱庄。

这天，27 名教师、学员被非法拘禁达 7 个小时，21 人遭殴打，5 人因伤住院。

刑讯殴打致死公司人员

1992年11月，大邱庄主要从事农业生产经营的华大集团公司总经理李凤政病故。禹作敏一面主持为李凤政大办丧事，一面下令对李凤政领导的公司账目进行清理。结果发现有3000万元亏空。

嗣后，禹作敏主持召开了该公司中层以上干部会议，称华大公司领导层是一帮"败家子"，是来糟蹋大邱庄的，并表示要对华大集团公司的财务进行清查。

不久，华大公司被撤销了，其所属的企业分别划归万全、津海、津美、尧舜4个集团公司管理，并由4个公司对原华大公司财务进行全面审查。

在当时，华大公司副总经理兼农场场长侯洪滨争辩说："我们这些人是受聘来大邱庄的，是干事业的，是来工作的，我们要个公道。"

禹作敏当即表示："你不是要公道吗？好，我就给你个公道。"随即，宣布撤销侯洪滨副总经理和农场场长职务。12月4日下午，禹作敏又亲自主持非法审讯侯洪滨。

禹作敏在对原华大集团公司各主要负责人非法审讯的同时，还将该集团公司的一些"嫌疑人"分到尧舜、万全、津美、津海四大集团公司非法审讯。

在这个过程中，大邱庄总公司的会议室，临时成了一个私设的"公堂",这里不仅有录像、录音设备,还有电警棍、皮鞭等。

在禹作敏的主持下,他的次子、大邱庄企业集团总公司总经理禹绍政,大邱庄治保会主任周克文,总公司秘书长石家明等,先后对有关"嫌疑人"进行"审讯"。

虽然天气十分寒冷,受审者却被强令剥光上衣,接受"审查"。

12月7日和8日,禹作敏还先后非法审讯了原华大集团公司氧气厂厂长、高级工程师田宜正和原华大集团公司养殖场场长宋宝。

12月7日,禹作敏主持了对田宜正的"审讯"。

当61岁的田宜正一再否认有经济问题和生活作风问题时,禹作敏大怒,抬手就给了田宜正一记重重的耳光。

随后,周克文、石家明和10多名打手一拥而上,一直打得田宜正按照他们的要求"承认"了自己的"问题"。

这还没完,"审讯"之后,田宜正被非法关押14天,侯洪滨被非法审讯后,被关押达42天,宋宝被关押39天。

从11月底到12月中旬,先后有10多名原华大公司职工受到非法审讯、关押和殴打。为使受审者"交代"问题,审讯者对他们轻则拳脚相加,重则用电警棍击、皮鞭抽打。

禹作敏还以重赏的办法,奖励那些在"审讯"、殴打、拘禁无辜职工中的"有功"人员，万全公司汽车制造厂厂长得到的奖金高达 8500 元。在"审讯"侯洪滨时，禹作敏看到刘某打人表现"勇敢"，当即令人拿来 5000 元予以奖赏。

打人者受奖，而且奖励层层加码，刑讯不断升级。大邱庄的打手们打人打得眼睛都红了，几乎到了疯狂的地步。

12 月 13 日，终于发生了华大公司职工危福合被殴打致死案。

危福合家住河北省枣强县，1990 年来到大邱庄，1992 年开始负责华大公司养殖场的基建工作。不久，华大公司解散，养殖场划到了万全公司名下，在全面审查的过程中，危福合被怀疑上了。

13 日 14 时多，万全集团公司经理部经理刘云章，把 26 岁的危福合叫到了公司三楼。

"审讯"是开门见山的。刘云章等人要危福合"老老实实地交代自己的贪污问题"。在危福合做出否认的回答后，屋里的人向他围拢过来，随即，拳脚雨点般落在了危福合的身上。

随着危福合的一再否认，对他的殴打也一步步升级：上衣被扒光了，电警棍、三角带鞭子用上了，一拨人打累了又换一拨。从危福合的口中不断传出绝望的哀求声和呻吟声。

这场从 14 时许开始的"审讯"和殴打持续了 7 个多

小时，万全公司先后有 18 人来回进出这间 10 平方米的小屋，轮番对危福合进行"审讯"、殴打。

22 时许，当危福合停止呻吟、气若游丝时，凶手们这才发现大事不好。

危福合在被送往大邱庄医院之后不久，经抢救无效而死亡。

事后，经法医鉴定，死者身上的伤痕多达 380 多处，因外伤导致创伤性休克死亡。

包庇罪犯对抗案件查处

危福合之死，使主持"审讯"的刘云章慌了手脚。万全公司代总经理刘永华不知所措，匆匆跑到禹作敏处汇报。

禹作敏听后，并未感到意外，当即指示刘永华：那么多人参与，面太大了，不如找几个可靠的人把事情担起来。

在禹作敏的授意下，刘永华等人经过反复筹划，与相关人员充分讨论编造了危福合的死亡全过程：

刘云章、刘绍升、陈相歧、李振彪4人负责审查危福合的经济问题。21时左右，刘云章、刘绍升、陈相歧去吃晚饭，留下在大邱庄上班不到一个月的李振彪看守危福合。突然，门外冲进来20多个李振彪不认识的人，对危福合一阵拳打脚踢后扬长而去。

为了防止暴露事实真相，李振彪匆匆伪造了两页危福合承认有经济问题的审讯笔录，还伙同刘云章、刘绍升一起赶到医院天平间，按上危福合的指纹。随后，刘云章派人用吸尘器清理了现场，并暗示其他打人凶手不得暴露犯罪事实。

但是，编造的谎言绝不会是天衣无缝的。

经过公安干警们现场勘察，发现刘永华的说辞明显不符实际：一是没有发现 20 多人闯入现场的证据；二是验收尸报告表明，死者身上的累累伤痕，并非瞬间暴打所致。

为了缉拿真正的凶手，干警们依法提取了刘云章等 4 人的鞋印。

这时，几名打人凶手慌了手脚，急忙向禹作敏报告。

禹作敏慑于刘玉田案 7 名凶手全部落网的事实，决定由刘永华安排 4 人外逃。

刘永华得到禹作敏的指示后，连夜回到万全公司，支取出 8 万元现金，分别送给 4 名凶手。并且，他派人将凶犯用汽车送出大邱庄。

12 月 15 日 20 时许，天津市公安局为进一步查清案情，派出以刑侦科副科长宋忆光为首的 6 名刑侦技术干警，由静海县公安局刑侦大队副大队长刘洪春陪同，前往大邱庄勘查。

禹作敏得知这一消息后，十分不满，他决定给执法机关一点颜色看看。

干警们赶到大邱庄后，由万全公司总经理刘永华带领进入办公楼。

23 时 40 分，20 多名年轻力壮的汉子突然冲上楼来，包围了正在工作的公安干警。他们嚷道："你们是干什么的?!"

接着，便不由分说地将大门锁上，并堵住楼道两侧，将干警们看守起来。

为防止消息泄露，他们还断绝了干警们与外界的一切联系。

这时，楼外警车里的司机发现势头不对，便机警地驾车冲破手执砖头石块的村民的重重拦截，赶回静海县公安局报告。

16日9时许，禹作敏等人在总公司会议室架起两台录像机和全套录音设备，然后派人把宋忆光和刘洪春带进来。

禹作敏一见他们进门就大发脾气说：

"谁让你们来了？"

"我们向县公安局报案，你们市公安局来干什么？"

"你们想干什么，不就是审查个案子打死个人吗？"

在座的其他人也随着叫嚷：你们是什么目的？究竟保什么驾？护什么航？

天津市公安局得到6名干警被非法拘禁的消息后，于16日上午将情况报告了天津市委和市政府。

9时50分，天津市市长聂璧初勒令大邱庄立即放人。

直到11时30分，禹作敏才被迫将拘禁的干警全部放出。这时，干警们已经被非法拘禁了13个小时。

危福合命案发生后，禹作敏为防止被害人家属起诉，立即派人把危福合的家属从河北省枣强县农村叫到大邱庄，一抬手就甩出6.5万元人民币，要求其家属将尸体运回枣强县火化，以后有事保证不再找大邱庄。

尽管如此，危福合的亲属们并没有撤诉。

刘云章等潜逃后，一直与刘永华保持着联系。

一天，禹作敏将刘永华叫到家中，询问 4 人外逃后的情况。禹作敏认为，刘云章等在外藏匿，远不如躲在大邱庄安全。

于是，禹作敏指示刘永华安排，将 4 名凶犯接回庄内，住进一幢楼的单元房内，并为他们采购了各种生活用品。

1993 年春节，禹作敏又安排他们回家过年。

在大邱庄的保护网中，4 名凶犯得以长时间躲开了公安机关的缉捕。

天津市人民检察院认为，在危福合命案中，刘绍升、刘云章、陈相歧、李振彪有重大杀人嫌疑，于是依照法律规定函请公安机关协助通缉归案。

2 月 14 日，天津市公安局向全国发出通缉令：

> 1992 年 12 月 14 日，天津市静海县蔡公庄乡大邱庄万全公司发生一起非法拘禁殴打致人死亡案，经天津市人民检察院侦察，认为刘绍升、刘云章、陈相歧、李振彪等 4 人应予以逮捕。侦查期间，4 犯逃匿，现予以通缉……

2 月 16 日，静海县委书记崔士光和县长约见禹作敏，再次要求他支持，配合政法机关依法办案。

在县委督促下，禹作敏致信天津市委，表示服从和配合政法机关的行动。

但禹作敏又称：

> 我不懂法，群众更不懂法，请你们对破案
> 人员说，要依法办案。千万注意，不要因破案
> 影响改革，影响生产，影响民心……我不知道
> 防止意外事件产生。我不知道的，我不负责。

禹作敏公开向市领导流露出对缉捕罪犯的不满。

面对禹作敏的来信，同时考虑到大邱庄公安派出所撤销后拒绝上缴的15支步枪和2000发子弹，公安机关经天津市委请示中央得到批准后，于12月17日派出400名干警，集结于大邱庄附近的村庄待命，准备应付随时可能发生的变故，防备通缉犯外逃。

2月17日9时20分，天津市公安局、检察院、静海县等单位的负责同志共9人赶到大邱庄，向禹作敏说明来意，准备依法执行任务：

> 1. 张贴通缉令；
> 2. 对4名犯罪嫌疑人住地进行搜查，对村
> 内宾馆、招待所和万全公司等案犯可能藏匿的
> 地方进行搜查。

禹作敏对此十分不满，指责公安机关不信任大邱庄，

不应该派那么多人，并明确表示不同意公安干警进村张贴通缉令和搜捕罪犯。

禹作敏对市、县有关领导说："发生矛盾冲突，我们不敢保。群众不懂法，我也不懂法，我负不了这个责任。"

当公安人员表示必须依法办案时，禹作敏竟以辞职相要挟。随即，有20多名村民拥入屋内，对前来执行公务的市、县领导进行质问和纠缠。

受禹作敏的干扰，搜捕罪犯工作很难开展，公安局派出的400名干警始终未到大邱庄村边。

这时，在大邱庄内却谣言四起。有人甚至说："公安局要血洗大邱庄。"

在禹作敏的暗中指挥下，大邱庄进入了"战时状态"：一批批工人在全村四处集结、警戒、巡逻，守卫各要道路口；成吨的螺纹钢被锯成一根根一米多长的钢棍，发给工人做武器；汽车、拖拉机、马车和装满汽油的油罐车形成路障。

偌大一个村庄，交通断绝，生产瘫痪，来往行人都遭受非法搜查。谣言在蔓延，村民们情绪十分激动，事态进一步恶化。

为了防止与不明真相的村民们发生冲突，天津市公安局毅然决定，撤回执行搜捕任务的400名干警，仅留下30人待机进村擒拿凶犯。

当晚，有关部门就将这一决定告知了禹作敏和大邱庄党委的其他成员。

2月18日9时，禹作敏召开全村大会，他在高音喇叭里说："市公安局已经在大邱庄周围布置了1000多人的部队，还带着小钢炮、催泪弹、警犬，要到村里搜查。我怀疑这不是办案来的，是冲着大邱庄的改革来的。"

禹作敏号召不明真相的群众："要保卫大邱庄，保卫总公司。对'非法行动'必须寸步不让。"

大会后，大邱庄的秩序更加混乱：工厂停工，学校停课，村民们手执各种武斗器械拥向街头……

形势越来越严重。天津市委代理书记、市长聂璧初了解上述情况后，于2月18日22时明确指示：

> 大邱庄党委和禹作敏同志必须保证在大邱庄执行公务的公安、检察部门同志的绝对安全，让他们返回静海县城。
>
> 此事必须立即执行，不得有误。

接到聂璧初的指示，禹作敏的嚣张气焰有所收敛。迫于上级党委和政府的压力，他不得不表示执法人员可以进村张贴通缉令，并对4名重大嫌疑人的住处进行搜查。与此同时，他又向手下人表示，要"寒碜寒碜"执法人员。

鉴于禹作敏和公安、检察部门严重的对立态度，2月19日上午，天津市委召开常委会，研究大邱庄问题，决定下午由市公安局、市检察院一同到大邱庄执行缉捕任务。

当日17时20分，干警到达大邱庄村外。

禹作敏带着10多辆汽车和一些人早已在村口等候，并用摄像机给干警们录了像。

因两边轿车"夹道欢迎"，数千群众"簇拥"，公安干警的执法行动再次遇到困难。

然而，就在这期间，有两名通缉犯一直藏在村中。

当执行任务的干警到两名重点嫌疑人的门前时，见大门上着锁，只得怏怏而归。

18时40分，在干警要出村时，禹作敏派人拦住，质问为什么不撬门搜查？并提出，不搜查出人来不能走。随后，30多辆车拦住了干警们的归路。

与此同时，禹作敏为了帮助通缉犯逃脱法网，他已让刘永华先后将刘绍升转移到河北省献县，将陈相歧送到呼和浩特。

直到工作组进村后，刘永华还秉承禹作敏的"旨意"，派专人将刘云章、李振彪送往山东，再转江苏、浙江、广东等地藏匿。

在通缉犯逃离大邱庄的过程中，禹作敏共向他们提供资金16万元。

除此之外，禹作敏还竭尽全力疏通关系，企图花钱免罪，与其子禹绍政先后4次向北京某机关一名干部行贿数万元，获取国家重要机密文件3份。

公安检察机关忙着执行任务，禹作敏也不消停。他又指令在村内各主要路口张贴布告，称：

> 天津市向大邱庄派了公安武警防爆队员多达千名。我们不知道原因何在，已造成停产，故谢绝参观，望谅解。

企图把工厂停产的责任一股脑儿推到公安、检察机关身上。

2月21日，禹作敏再次以大邱庄党委的名义，向外地和社会各界散发了一份名为《天津市出动千余名武装警察包围大邱庄的事情经过》的材料，谎称"危福合是被一些群众围殴致死"。

该材料还把依法搜捕罪犯说成：

> 大批警察已经开到大邱庄周围，据目击者说有1700多人。一些群众看到他们装备着火炮、警犬、催泪弹和长短武器。绝非为了缉拿几个犯罪嫌疑人，而是冲着全国第一村大邱庄来的……是冲着改革事业来的。

为了澄清事实和纠正大邱庄无组织、无纪律的行为，2月22日，天津市委办公厅电告静海县委转大邱庄党委指出：

以大邱庄党委的名义发出这样不符合事实的材料是错误的，是违背党章规定的组织制度的。必须立即停止这种行动，并追回已经发出的材料。要将向外地和社会散发材料的具体情况在一日内向市、县委写出报告并做出检查。大邱庄党委、党委书记禹作敏同志应当自觉地维护改革开放和安定团结的大局，不要再做任何可能产生不良后果的事情了。

但是，禹作敏接到市委办公厅的电传指示后，却回答称："对电报中'不符合事实'与'违背党章规定的组织制度'的提法，我们很不理解。"

对此，天津市委办公厅又通过静海县委答复：必须按要求执行。后来，大邱庄方面装聋作哑，一直没有做任何检查。

禹作敏在施展出许多解数不能改变被动局面后，便又想隐到幕后指挥。2月23日，他正式向中共静海县委递交了"辞职报告"。

报告中说：

从1993年2月23日18时起，我向县领导声明辞去我的党委书记之职。经大邱庄党委研究决定，由禹作章同志代理党委书记。

鉴于大邱庄出现了种种不安定因素，3月6日上午，中共中央政治局常委会研究了大邱庄的问题。常委们的意见是一致的："坚决支持天津市委依法办案。"

3月7日上午，中央领导同志找聂璧初市长谈话，一致认为：

> 他们出了事，国内外都有一定的影响，从这个意义上讲，要引起重视；禹作敏过去做了不少工作，有一定的成绩，在国内影响较大，现在还要拉他一把；要选派一支强有力的工作组进驻大邱庄，几天内争取把大邱庄的局面控制住。

根据中央的指示精神，天津市委于3月10日派工作组进驻大邱庄，协助大邱庄恢复正常的生产、生活和社会治安秩序，协助执法机关查处案件。

3月11日，工作组在村内张贴"第一号通告"，大致内容是：

> 工作组进驻大邱庄是为了进一步调查有关命案，同时希望村民们维护正常生产、生活秩序，并积极向工作组举报有关罪犯的线索。

在工作组进村的同时，有关部门顺利收缴了大邱庄拥有的武器装备。

3月14日，静海县委、县政府发布《致大邱庄全体党员和群众的公开信》指出：

> 向司法机关提供虚假证明，掩盖犯罪分子罪行，消灭罪迹，掩盖、毁灭罪证；为犯罪分子提供钱物，指示方向、路线和场所等行为，也是犯罪。如主动交代、揭发线索，可以得到宽大处理；如不据实交代，交出案犯，继续包庇、窝藏、资助案犯，必将受到法律的制裁。

公开信发表后，群众揭发出800多条和案件有关的线索。

3月中旬，刘绍升、陈相歧先后落网。

摄于公安机关的强大威力，7月7日上午，刘云章、李振彪也投案自首。

四、公正审判

●预审员说："我提醒你，你是被告人，你必须坐到被告席上。从现在起，你必须遵守我们的规矩。"

●禹作敏倾听了公诉意见后表示，检察院对他的总结恰如其分。他认为，犯罪事实客观上是存在的。大邱庄18名人员犯罪与他的思想影响和诱导是分不开的。

●禹作敏说："这场犯罪是以我为主。在家时没有认识到，到这里后一点点认识到问题严重，愿意接受严肃的处理和惩罚，怎么处理我决不上诉。第二点，今天坐在这里，是忘了精神文明建设了。所以，是一句话，错了，犯了罪了。"

依法逮捕预审禹作敏

1993 年 4 月上、中旬，危福合案件的侦破有了重大进展，在大量的事实、证据面前，禹作敏的罪行暴露了出来。

4 月 15 日，公安机关决定依法对禹作敏进行拘留审查。

就在市公安机关制订逮捕禹作敏的计划时，中央派原林业部部长高德占来天津担任市委书记。

1993 年 4 月 15 日，天津市委办公厅给静海县委书记崔士光发来明传电报：

> 高德占同志于今日下午 14 时 30 分在一所一号，即迎宾馆一号，邀禹作敏同志谈话，请通知禹作敏同志，并请你一同参加。

禹作敏接到天津市委新任书记要找他谈话的电话后，经过反复考虑，决定前往。

为了防止发生不测的事情，他带上有一身武艺的贴身保镖史明生，并挑选了其他 3 名精干随从，与县委书记崔士光一道前往天津。

行至天津市委俱乐部大门口，警卫人员只让禹作敏的车进去，其他人一律远离。

禹作敏虽然感到不祥，但只能从命。车子在院内停稳，他跟随俱乐部的工作人员进入指定的房间。

等待禹作敏的并不是市委书记，而是多名神色严峻、全副武装的干警。

公安人员出示了拘留证，禹作敏只好束手就擒。

审问禹作敏案件的是天津市公安局 47 岁的公安干部罗振岭。

在没审问禹作敏之前，罗振岭预先审问了原万全集团公司代总经理刘永华，并通过 3 次和禹作敏"较量"，审讯者便完全占据了主动权。

1993 年 4 月 21 日 14 时，禹作敏被押送到天津市公安局预审处。

禹作敏被带进室内，他没等预审员吩咐，便向墙角处的沙发走去。

这排沙发是特意为观看审讯的上级领导和客人们准备的，而禹作敏此时是犯罪嫌疑人，他的去处应该是审判桌前那个特意为他准备的小方凳。

预审员说："禹作敏，请你坐到你的位子上去！"

禹作敏跷着二郎腿，听到预审员严厉的命令，仍无动于衷。

"这不是挺好吗？"他不屑地回答。

"我提醒你，你是被告人，你必须坐到被告席上。从现在起，你必须遵守我们的规矩。"

"我的年龄大了，身体不好，在椅子上坐久了，我支持不住。"

"我们出自人道主义，你觉得累了，提出请求，经我们允许，你可以坐到沙发上休息。"

禹作敏鄙夷地一笑："这也是规矩?"

"对，这就是你必须遵守的规矩!"

在预审员严厉的注视下，禹作敏不情愿地离开沙发，坐到那个固定在地面上的小方凳上。

下面就是预审情况:

预审员："禹作敏，交代你的职务和简历。"

禹作敏："我的各种职务很多，谁有那么好的记性，说不清，记不住，有什么用?"

预审员："不管你认为有没有用，这是你依法必须交代的内容。"

禹作敏："这些与我的问题无关，没必要说。"

预审员："有必要，弄清被告人的历史是法律程序规定的，法律认为有必要，你无权拒绝。"

禹作敏："我的记性不好，被你们给搞乱了……"

预审员："根据中华人民共和国逮捕拘留条例的规定，你被依法刑事拘留了，签字吧。"

禹作敏："我不拒绝，但我不签字。"

预审员："我给你讲清楚，要你签字是要你履行法律手续。依照法律，刑事拘留证一经出示，就依法生效，你不签字也要执行!"

禹作敏："为什么拘留我?!"

预审员："这个问题我应该问你!"

禹作敏："我不知道,你们有什么证据?"

预审员："当然有,国家法律不会无缘无故拘留你,尤其你禹作敏,你曾是全国政协委员。"

禹作敏：……

预审员："你要认清形势,老实交代,配合执法机关进行工作,不要胡搅蛮缠……"

禹作敏："不要说那么多了,我签字。"

…………

据审讯人员后来回忆说:

> 审问禹作敏,我们做的第一件事就是让他正视自己。禹作敏在心理上把自己当成了高踞法律之上的非常之人,这显然无法审讯。他的这种心理是十分顽固的,于是在审讯之中,执法人员同禹作敏展开了一场耐人寻味的心理战。

一次,禹作敏对管教干部罗振岭说,他有时晚上睡不好觉,肚里感到饿,问罗振岭能否给他买点东西吃。

罗振岭手里管着禹作敏家里送来的一点钱,以备给他买点鸡蛋等营养品。罗振岭说,这好办,买点桃酥行不行? 不贵,扛饿。罗振岭知道,这种食品很一般,对这位一掷千金的人,即使在衣食住行这样的小事上,也要时刻提醒他。

"行行。"禹作敏喜出望外，说，"吃这个就成！"

罗振岭买来东西，向禹作敏一分一厘地报账，禹作敏说："算了，算了，这算花钱吗？我听见 1000 元以下的就烦！"

罗振岭说："那是你让钱多了烧的。钱多钱少都不能做事没有规矩，没了规矩，早晚要摔得头破血流的。"

禹作敏没再吭声，神情也黯淡了下来。

…………

像这样的小插曲，自从拘留禹作敏那天起，几乎每天都要上演。

禹作敏爱抽"555"香烟，罗振岭就不失时机地说上几句："人啊，有了钱，有了地位，毛病也有了，禹作敏，你没钱的时候也除了'555'不吸吗？"

禹作敏苦笑："罗'提审'，你就别挤兑我了。"

"我这不是挤兑，我是让你从思想深处找出自己违法犯罪的根源，有钱有权，你犯了法，如今怎么样？钱是空的，权也是空的。"

…………

在一次审讯中，预审员对禹作敏说："是的，你是不必要再介绍你自己，以前，我们在报纸电台电视上经常见到你，在我们的印象里，你是一个敢作敢当的企业家，我们因此才尊重你是个人物！但今天你禹作敏很没意思，你是一把手，是掌舵的，有光彩的事情你先占了，为什么出了事情，却推三挡四，把罪名加在别人头上？你以前的气度到哪去了？"

禹作敏呆立半晌，眼神空洞，预审员的话捅到了他的痛处。

在长长的沉默之后，禹作敏竭力挤出一丝讪笑："看看，急了不是？我再细想想……"

在一次次的心理战中，禹作敏终于开始静思自己，他说："我禹作敏走到哪还是禹作敏，我的事儿不推，是我的责任，我全承认！大邱庄党委是我一手培养出来的，我的事不让别人兜！"

说完，禹作敏喘了一会儿，开始讲述自己当初指使手下的过程。

38 次传讯，86 册案卷，记录了禹作敏蜕变的全部过程。

选择刘永华为突破口

在审讯禹作敏之前，富有经验的老公安罗振岭首先审讯了刘永华。

刘永华曾经担任过大邱庄中学校长，在大邱庄算是一个知识分子。他的父亲刘万全是与禹作敏一起创业的元勋，为大邱庄的发展立下了汗马功劳，后来担任万全集团公司的董事长，刘永华担任该公司的代理总经理。

同时，刘永华还是禹作敏的侄女婿，不论在大邱庄，还是在此案中，都有比较重要的地位和作用。

之所以选择刘永华为突破口，还因为，危福合是在刘永华领导的公司被打死的，理应追查他的责任。

更重要的是，这次大邱庄与政府公开对抗，包括非法扣留公安干警、宣布进入"战时状态"，大邱庄召开群众大会，宣布"放假一个月，工资照发"等重大问题，刘永华都是参与者。

只有突破了他的防线，才有可能把案情搞清楚。

当公安人员对刘永华的初审基本结束，问及禹作敏在其中的作用时，刘永华竟跪在了地上，说："禹作敏同志的腿还没有我们的胳膊粗，你们就不要再追他了！"

因为涉及了问题的实质和核心，审问刘永华的工作不是那么顺利。

涉及自己的问题，刘永华还比较老实，但一旦涉及禹作敏，他就相当顽固了，他把主要错误都揽到自己身上，因为他要忠于自己的庄主，更重要的是他认为只要庄主不倒，他们的罪行都可大事化小、小事化了的。

连续10多天，刘永华一言不发。

罗振岭又提出一系列问题：

大邱庄出了那么多伤天害理的事，这是你自作主张干的吗？刘玉田被打死后，村里搞游行、贴标语，那么大的规模，你组织得了吗？扣押公安干警，设路障阻碍公安人员进村，以大邱庄党委的名义向各地散发《天津市出动千名武装警察包围大邱庄的事实经过》的材料，你有这个权力吗？

大邱庄的经济搞得不错，可你们坚持四项基本原则了吗？党委坚持民主集中制了吗？青天白日打死人，这叫什么人民民主专政？你们把螺纹钢锯成一截一截的，交给工人当武器，声称保卫大邱庄，这不明明是与政府公开对抗吗？把禹作敏的指示当成圣旨，置国家法律于不顾，这正常吗？

你父亲是大邱庄创业的功臣，你也从小接受党的教育，你可得明白，只有跟党走这一条路，别迷信谁，这回谁也救不了你。不管后台有多硬，有罪就难逃！

经过 10 多天，刘永华终于开窍了。

罗振岭继续说道："你拖不起时间，谈比不谈好，早谈比晚谈好，回去考虑吧，我相信你晚上睡不好觉。"

刘永华确实是睡不好觉了，情绪波动，急火攻心，加上受凉，他发烧了。

罗振岭来监房看望他，劝他多喝水，并且告诉他："有病绝不提审。"还把一兜水果送到他的枕边。

有一次，因为审讯耽误了吃饭，罗振岭还叫人从干部食堂买来饭和他一起吃。但刘永华咽不下公安干警大食堂的饭，他心事太重。

罗振岭告诉他："你得改变一下生活习惯，你是个农村人，咋吃不下，营养全在菜里边！"

35 次审讯，刘永华一言不发，勉强说几句，也是无关痛痒，工作相当困难。

攻不下刘永华，也就很难攻下禹作敏。天津市副市长兼公安局局长宋平顺，指示预审人员到静海县进行调查，找到证据，突破难点，推进预审工作。

静海县检察院检察长吴增友证实：12 月 13 日危福合被打死的当晚，禹作敏把吴增友请到家中，说是商量危福合的后事，在场的有禹绍政、禹绍同、禹绍国、刘永华等人，吴增友是先离开的。

刘永华的口供是：

13 日危福合被打死后，我一个人去向禹作敏报告了案情。他当时说："怎么又打死人了呢？打死人是要报案的。"说完拿起电话向静海县公安局局长报了案。打完电话后，禹作敏让我去等公安局来人。后来，刘云章把大家找到总公司三楼会议室，我就让 4 个人担起来，第二天 4 个人反悔，我就让 4 个人跑了。

刘永华在这个口供中显然是做了"减法"的。一是把向禹作敏报告打死人时的人员减去了禹绍政，只剩下他自己；二是把参与殴打危福合的 18 人减少到 4 人；三是把在禹作敏研究处理危福合后事时的人，减少到只有他、吴增友和禹作敏 3 个人。

罗振岭揭破了刘永华供词中的漏洞。他说：

你说的 4 个人和禹作敏说的人数不一致，你说禹作敏同志如何向公安机关交代呢？你动用 10 多万公款资助 4 名罪犯外逃，你就不怕禹作敏同志清理、整顿你吗？你说你自己做主让 4 名凶犯外逃，岂不让禹作敏同志陷入了被动局面？

在第三十六次审讯时，罗振岭的第一句话就以坚定的口气严肃地指出：

12月13日晚，除了你、禹作敏、吴增友，还有别人在场！你已经陷入被动了，还要跳那个苦井？这次机会你还要错过吗？你再想想，吴增友离开之前和离开之后，你们都是怎么商量的？

这次审讯持续了7个小时，罗振岭始终抓住时间、人物、活动3个问题发问。

刘永华终于说了实话：一是那天晚上确实有另外3个"禹"在场；二是吴走后，可能禹作敏说过：20多个人面儿太大，不行！商量找几个人把事顶起来。禹作敏还让刘永华回公司去落实。刘前脚走，禹作敏马上派了10个人前去督办。

刘永华的缺口打开了，但罗振岭没有继续追问，宣布休息。

这天下午，刘永华终于说出了一个至关重要的情节，这就是：12月14日清晨，禹作敏找到禹作尧、刘永华说："让他们4个人跑了得了。"

刘永华问："还给他们带点钱吧?"

禹作敏反问一句："你怎么这么笨呢?"

这样，在禹作敏的指挥下，在公安干警张贴通缉令和进村搜查，禹作敏向天津市委工作组表示"一定配合"的情况下，4个罪犯带着16万元人民币外逃了。

事实基本清楚了，审讯禹作敏的工作也就有根据了。

禹作敏当庭承认窝藏罪

1993 年 8 月 23 日上午，海河之畔的天津市风和日丽，秋高气爽。一辆辆警车鱼贯驶向鞍山西道 312 号。这里是天津市中级人民法院。

1993 年 7 月 31 日和 8 月 14 日，天津市人民检察院就刘玉田和危福合被殴打致死案，依法向天津市人民法院提起公诉。

这天，天津市中级人民法院将分别对两案进行公开审理。

这是一场引人注目的审判，因为禹作敏是这两个案件的重要当事人之一，他毕竟不是普通人物。200 多位手持旁听证的天津各界人士安然入座。

8 时整，审判长宣布开庭。随着"提被告人到庭"的令下，禹作敏等 8 人走进法庭，站到了被告席上。

禹作敏走在最前面。

他留着小平头，身着白色衬衣和蓝色长裤，脚穿黑色布鞋。他已经 60 多岁，本来就很瘦，此时更加显得苍老、孱弱。两道浓眉依旧，只是眼睛无神，满是皱纹的脸上毫无表情。

天津市人民检察院在公诉中说：

被告人禹作敏目无国法，指使他人窝藏并安排资助打人凶手刘云章等重大案犯外逃，组织指挥以暴力阻碍司法人员依法勘察犯罪现场搜捕罪犯，为获取国家重要机密向国家工作人员行贿，组织围攻大邱庄所属企业职工田宜正、侯洪滨、宋宝以及北京国家安全局第三局干部师生，并且有殴打、侮辱情节，组织指挥对本村村民刘玉田的家属进行非法监视限制人身自由。

其行为触犯了《中华人民共和国刑法条例》第一六二条第二款、第一五一条、第一八五条第三款、第一四三条第一款、第一四四条及全国人大常委会《关于惩治贿赂罪贪污罪》的第八条规定，已经构成窝藏罪、妨碍公务罪、行贿罪、非法拘禁罪、非法管制罪。

禹作敏承认起诉书所指出的犯罪事实存在。

按照法庭例行的程序，对禹作敏的审讯开始了。

审判长："对华大公司进行清理，你是什么时间决定的？"

禹作敏："大约是 1992 年 11 月份，具体时间记不清了。"

审判长："危福合被殴打致死是谁向你报告的？"

禹作敏："刘永华。"

审判长："什么时候报告的?"

禹作敏："12 月 13 日晚 22 时左右。"

…………

随即，法庭当庭宣读了揭发禹作敏等窝藏犯罪的证据材料。

大邱庄企业集团总公司副总经理禹少桐在证言中说：

> 1992 年 12 月 13 日晚 22 时多，我在禹作敏家。刘永华说有 20 多人把危福合打死了。禹作敏说 20 多人太多了，不如找几个人把事情承担起来，就让刘永华去办。过了一两天，禹作敏又让那几个人逃跑。危福合死后两三天，我在禹作敏办公室。禹作敏对刘永华说，在外边不保险，不如让他们回村。

大邱庄尧舜集团公司总经理禹作尧的证言说：

> 1992 年 12 月 13 日后半夜，我在禹作敏家。禹绍政说万全公司的人审查华大公司的人时，把那个人打死了。禹作敏说，参与的人太多了，不如找几个人承担起来。我和张延军、禹少桐、赵书忠去了万全公司。听刘永华说，他已安排了和刘云章、刘绍升、陈相歧、李振彪 4 个人谈话，并请示了禹作敏。过了一两天，我在禹

作敏家。禹作敏说，让刘云章4个人跑了算了。

大邱庄滨海集团公司总经理张延军证明：

1992年12月13日晚24时左右，我在禹作敏家听禹绍政说万全公司打死了华大公司养猪场的一个业务员。禹作敏说要找几个顶事的把这件事承担起来，并让他和赵书忠去万全公司看看。他们回来后，把安排由刘云章等4人顶事的消息告诉禹作敏。禹作敏说，行啊，就这样安排吧。

禹作敏和刘永华对证人的证词均表示没有异议。根据这些证人证言，禹作敏犯有窝藏罪确定无疑。

审判禹作敏所犯系列罪

法庭继续讯问禹作敏。

审判长："被告禹作敏，扣留勘查现场的公安人员是什么时候？"

禹作敏："3 月 15 日晚 22 时之前。"

审判长："你是怎么知道公安人员要勘查现场的？"

禹作敏："是周克文向我报告的。"

审判长："他是怎么向你报告的？"

禹作敏："他说他也没见到人，市、县公安局要勘查现场。"

审判长："你们什么时候放的人？"

禹作敏："我们马上给市政府聂璧初同志写了一个电传。电传刚写完，聂璧初说：'公安局勘查现场是例行公事，马上放人'。"

…………

据此，禹作敏犯有妨碍公务罪证据确凿、充分。

随后，审判长又对禹作敏所犯其他罪行进行了审判。

审判长对禹作敏、周克文、石家明、禹绍政所犯非法拘禁和非法管治罪进行了审讯，他们对所犯罪行都供认不讳。

法庭还播放非法审讯田宜正的录像。录像中，田宜正被扒光上衣接受审问，不时传出击打声和斥骂声。

大邱庄氧气厂厂长田宜正在证言中说：

1992 年 12 月 12 日上午，我被刘永华叫到万全公司。刘永华说氧气厂有问题，让我先回厂，下午再来汇报工作。下午，我到了万全公司会议室。刘永华问我有什么问题，我说没问题。刘永华一听就急了，让陈相歧把我带到一楼一间有铁栏杆的小屋里。从 12 月 12 日起，每天都有人审问我。我说没问题，他们就用电警棍电我、打我。基本每天打我一次。17 日上午，陈相歧等人把我带到总公司会议室。禹作敏、石家明、刘永华坐在正面。禹作敏问我："你是小小的氧气厂厂长吗？"说着，他打了我一个耳光。周围的人就一拥而上，对我拳打脚踢。

原华大企业集团公司副总经理侯洪滨在证言中说：

12 月 4 日下午，×××把我叫到总公司。在三楼会议室，禹作敏问我有什么罪行。我说工作失误有，罪行没有。禹作敏说我不老实。这时，有个人揪住我的头发打了我两个耳光。禹绍政又打了我 4 个耳光。我对禹作敏说："书记，咱这还打人吗？"禹作敏走到我跟前，打了

我一个耳光，还说："谁打你了？"这时，在场
的人一拥而上，拳打脚踢把我打倒在地。

法庭开始播放非法审讯宋宝的录音，皮鞭声、叫骂
声，夹杂着宋宝的惨叫声。这时，审判长问禹作敏："这
是审问宋宝的录音吗？"

禹作敏回答："没有错，是我让录的。"

法庭接着调查非法管制罪。

审判长："被告人禹作敏，刘玉田被禹作相等人打死
是什么时间？"

禹作敏："1990 年 4 月 11 日。"

审判长："刘玉田被打死后，你对其家属采取了什么
监视行为？"

禹作敏："从我个人说是采取了保护措施，就是加强
保卫人员，对他们的家属都给了保护。"

审判长："由谁负责监视？"

禹作敏："各个公司。万全、尧舜、津海、津美
公司。"

审判长："怎么监视的？"

禹作敏："当时的解释是让他们在屋里，不让出村。"

审判长："你停止了刘玉田哪些亲属的工作？"

禹作敏："刘金云及其丈夫的工作。"

审判长："你下令对刘玉田家属的住宅断电了吗？"

禹作敏："据我回忆，当时用电免费。如果找他们收

费，那是我的问题。"

这时，法庭宣读了大邱庄村民周克鑫和被害人刘金功的两个证明材料。

周克鑫说：

> 1990 年刘金会被关起来后，大邱庄企业集团对刘家 5 处住宅进行了监视。这些都是禹作敏决定的。当时，他让我对刘金云、刘金会、刘金刚所有住户监视跟踪。后来，我让刘家人所在工厂的人监视跟踪。后又由周克文主管，一直监视到 1992 年底。在此期间，下面工厂的人还给刘家断过电。监视是禹作敏的主意，他指示我去办的。

刘金功的证言说：

> 我父亲被打死后，我二姐、三姐、三哥家都被监视了。门前总有三四个人。我们出门，他们就跟着，不让出村。

这些证据证明，禹作敏犯有非法拘禁罪和非法管制罪。

审判禹作敏所犯行贿罪

大邱庄第二次打死人的案件发生后，禹作敏为了探听上级司法机关的动态和消息，多次向天津一名干部行贿。法庭对其行贿罪进行了调查。

审判长："被告人禹作敏，危福合被打死以后，你向×××了解过什么情况?"

禹作敏："不是我了解，是×××知道后送给我一封信。"

审判长："你是否向×××打听过有关部门对这一事件的看法?"

禹作敏："打听过。"

审判长："×××提没提过要在大邱庄入股分红的事?"

禹作敏："提过。"

审判长："你是怎么答复的?"

禹作敏："我说你别掏钱了，我给你垫上了。"

审判长："你给过×××美元吗?"

禹作敏："给了。×××带他媳妇第二次来，他媳妇对我说她想出国，缺美元。我一听是要钱的意思，就上楼拿了1000美元给了他媳妇。"

审判长："给美元是在什么地方?"

禹作敏："在我家里小会议室。"

审判长："你让禹绍政打听过消息吗?"

禹作敏："打听过。"

审判长转问禹绍政："禹作敏布置你做什么了?"

禹绍政："了解了解情况。"

审判长："你第一次给了×××多少钱?"

禹绍政："一万。"

审判长："第二次呢?"

禹绍政："5000。"

法庭宣读了受贿干部×××的证言:

1992 年 8 月 20 日晚 21 时左右, 我和我爱人到大邱庄。第二天见到禹作敏。我说我和我爱人昨天参观了香港街。禹作敏说, 香港街要搞股份制, 发行股票。后来, 他给了我一个电动剃须刀和 1000 元美金, 我收下了。美元 1000 元共 10 张, 是面值 100 元的。

1992 年 12 月 2 日, 当天下午 17 时左右, 他们到我家接了我, 到了禹作敏家谈了 10 多分钟, 禹绍政让我到他的办公室坐一会儿。禹绍政说, 股票已经分红了。我说, 钱我已经带来了, 说着便将我自己带的一万元钱掏出来。禹绍政说, 算了, 我送给你一万股, 都是朋友, 就给了我一万元人民币。我收下了。面值是 100

元一张的。

1993 年 2 月 9 日，禹绍政给我打电话说，我这里有点事，你到我这儿来一下。他又问我有什么消息。晚上 18 时多把我和我爱人接到禹作敏家。临走时，禹作敏拿出一万元钱送给我，我收下了，是面值 50 元一张的，共两叠。这事禹作敏、禹绍政知道。

1993 年 3 月 23 日上午，禹绍政又给了我5000 元人民币，我收下了，是 50 元一张的，共100 张。

法庭将证言材料交禹作敏核对，证实无误。

据此，禹作敏犯有行贿罪证据确凿。

禹作敏认罪伏法

法庭调查结束后，转入法庭辩论阶段。

首先由公诉人发表了公诉意见。公诉意见如下：

审判长、审判员：

根据《中华人民共和国刑事诉讼法》第一一二条的规定和《中华人民共和国检察院组织法》第十五条规定，我们受天津市人民检察院分院检察长的指派，以国家公诉人的身份出席法庭支持公诉，依法追究禹作敏、禹绍政、刘永华、周克文、马德水、黄乃奇、陈广洪、石家明共同和分别所犯有的窝藏罪、妨碍公务罪、行贿罪、非法拘禁罪、非法管制罪的刑事责任。

…………

被告人禹作敏、禹绍政的行为构成行贿罪。被告人禹作敏、禹绍政、刘永华、周克文、石家明的行为构成非法拘禁罪且具有非法拘禁人数之多，关押时间之长，殴打侮辱情节之重，均已构成非法拘禁罪。被告人禹作敏组织指挥非法拘禁田宜正、侯洪滨、宋宝、程钢和张新泽且具有殴打侮辱情节，在非法拘禁犯罪过程

中起主要作用，系主犯。

关于禹作敏的犯罪根源及本案给人们的启示。

被告人禹作敏从一个名扬四海的农民企业家而蜕变为国法不容的罪犯，这绝非偶然，而是有深刻的社会和思想根源。剖析这些原因，给人们的教训和启示是十分深刻的，它说明在成绩和荣誉面前决不能忘乎所以，为所欲为。在党的改革开放政策指引下，大邱庄确实由穷变富，被誉为"华夏第一村"。被告人禹作敏也由一个默默无闻的农民而一跃成为名扬四海、名震遐迩的农民企业家。在成绩和荣誉面前，他骄傲自大、目空一切、无视国法、为所欲为，这是禹作敏走上犯罪道路的一个重要原因。

…………

禹作敏的犯罪告诫我们：一切有志于改革开放和为建设社会主义市场经济建功立业的人，切不可有了成绩出了名就忘乎所以，贪天之功为己有，为所欲为。应该是既看到成绩，也正视不足，谦虚谨慎、戒骄戒躁、摆正位置、防止蜕变，这样才能使自己立于不败之地，也才能为改革建功立业。否则，像禹作敏那样，最终不但毁了自己，而且也会严重损害改革开放事业。

禹作敏的悲剧充分说明建设精神文明的重要性。物质文明搞好了，精神文明不会自然而然就能搞好。在整个改革开放过程中，必须坚持两手一起抓，两手都要硬。这样才能保证社会主义市场经济沿着正确方向健康发展。

禹作敏倾听了公诉意见后表示，检察院对他的总结恰如其分。他认为，犯罪事实客观上是存在的。接到起诉书后自己很痛心。大邱庄 18 名人员犯罪与他的思想影响和诱导是分不开的。没有自己的表态，他们绝不会走向犯罪。

天津市第一律师事务所的律师担任禹作敏的辩护人。律师严格履行维护被告人合法权益的职责，提出了对于禹作敏比较有利的情节，提请合议庭量刑时参考。

律师说："犯窝藏罪并非禹作敏所为，在对 4 人窝藏后果的责任承担上应对禹作敏具体分析。对起诉禹作敏触犯《中华人民共和国刑法》第一五七条构成妨碍公务罪不持异议。同时，律师提醒法庭注意：大邱庄党委成员对市、县领导有过激行为时，禹作敏也曾出面制止过。"

对律师的辩护，禹作敏补充了三点意见：1. 关于非法拘禁、妨碍公务等罪行的起诉是公正的，自己认识到有罪。2. 自己应该负主要责任，是主犯。周克文、刘永华的犯罪是受了自己的影响。3. 具体犯罪事实，如用油罐车堵塞路口，工人发铁棍上街，自己确实不知道。

辩论结束后，被告人分别作了最后陈述。

禹作敏说：

> 这场犯罪是以我为主。5条也好，几条也好，我个人认为：
>
> 第一点，既不怨法律观念淡薄，也不怨法律知识浅，包庇犯罪就是一个错误。尤其是大邱庄成为"华夏第一村"以后，我的头脑膨胀了，造成这场犯罪有思想和历史根源。在家时没有认识到，到这里后一点点认识到问题严重，愿意接受严重的处理和惩罚，怎么处理我决不上诉。
>
> 第二点，今天坐在这里，是忘了精神文明建设了。所以，是一句话，错了，犯了罪了。我对不起市委，对不起公检法，更对不起大邱庄的父老乡亲。大邱庄人不知道我窝藏包庇罪犯。我当时也未认识到问题的严重性。请法院判决，我绝对无意见。这次的教训是深刻的。
>
> 第三点，因为我的原因，造成18人犯罪，主因在我。所以，法院的判决是要从事实出发，以法律为准绳。请在座的各级领导从我身上接受教训：法律观念淡薄，单纯搞经济绝对不行。同时，也请法院、检察院和市委领导谅解我法

律知识浅。我对今天的程序不太懂，但心情很激动，昨晚还没睡着觉，认识到问题严重，越回忆越可怕。禹作敏做的不是成绩，说起来，两条人命没有我也不会死。所以不要谅解我年纪大了，如重判我，对全国坚持社会主义道路是一场很好的教育。

禹绍政说：

我太年轻了，有时容易冲动。但是相信这次教训以后，我只有认真学习法律，只有老老实实地接受政府的批评和教育，只有老老实实地交代问题，才是唯一的出路！

刘永华说：

两个月来，法庭对我的犯罪事实进行了调查，我认为是公正严明的，实事求是的。对我犯下的罪行，我确实供认不讳。由于我的法盲，造成犯了窝藏罪、非法监禁罪。我的犯罪给公安执法部门执法造成了困难，给企业和职工带来了损失，对企业的发展造成了一定损失和不利的影响。对此，我感到痛心。我之所以犯罪，归结起来有以下原因：

属于法盲，只注意抓经济，忽视了学习法律，不懂得用法律去武装自己和指导自己的工作。

因受小农经济意识影响，思想愚昧，对错误的主张一味地盲从。现在，由于自己的犯罪，给大家的事业造成了损失，给一些同志带来了痛苦，像马德水、黄乃奇等人，很大程度是由于我的原因造成犯罪。我害了不少人，我感到非常后悔。现在，我对自己的罪行追悔莫及。既然我犯了罪，我愿意接受法律的惩处。我请求法庭对我进行法律制裁。无论法庭如何判决，我都愿意接受。今后，我一定接受这次惨痛教训，做一个于国于民有用的人。我有一份悔罪书呈交审判长。

随即，刘永华向法庭呈交了悔罪书。

石家明在陈述中说：

我站在被告席上，忏悔的心情非常沉痛。由于自己没有法制观念，造成了今天的犯罪。对此，我认罪并愿意接受政府对我的审判。我不想对我的犯罪作更多的陈述。在今天，我只想讲一点，就是关押4个月，体会最深的是：无论任何单位和个人，都必须树立法制观念，并以此来约束自己的行为。否则，就必然产生类似今天的结局。以前，我始终未能意识到自己参与的那些行动是犯罪，我确实是个法盲，这是主要症结所在。尽管我不懂法，但是我毕竟是受党教育多年的人。从案发到后来，我也逐渐意识到问题的严重性。当时，我与其他党委成员一同提出过不同意见，进行抵制，可惜都没能奏效。但是，在大邱庄特定的环境和我的位置上，我所能做到的，也只能如此。案发以后，我自己能够主动投案自首。在此，我愿意接受政府的审判。同时请求法庭念及我是初次犯罪，而且家中还有一个只有4岁，与我相依为命，需要我养育的女儿，能给我一次改造和戴罪立功的机会。我出去后还要为社会作贡献。

石家明也向法庭呈交了悔罪书。

辩论后，合议庭进行合议，并制作了一审判决书。

1993年8月27日，天津市中级人民法院依法对禹作敏和7名同案犯所犯罪行进行了公开宣判。

宣判书宣布：

被告人禹作敏，指使刘永华窝藏殴打危福合致死的主要犯罪分子，组织指挥以暴力阻碍公安检察干警搜捕案犯，下令扣留公安干警，阻碍公安机关勘查现场，向国家工作人员行贿以获取国家重要机密。组织审讯殴打田宜正、侯洪滨、宋宝以及北京市国家安全局第三局干部学校教师学员，指使他人对村民刘玉田的家属进行非法监视，限制人身自由……特做出以下判决：

被告人禹作敏：犯窝藏罪处有期徒刑6年，妨碍公务罪处有期徒刑3年，行贿罪处有期徒刑10年、剥夺政治权利2年，非法拘禁罪处有期徒刑3年，非法管制罪处有期徒刑3年，决定执行有期徒刑20年、剥夺政治权利2年；

被告人禹绍政：犯行贿罪处有期徒刑9年，非法拘禁罪处有期徒刑2年，决定执行有期徒刑10年；

被告人刘永华：犯窝藏罪处有期徒刑4年，非法拘禁罪处有期徒刑2年，决定执行有期徒刑4年；

被告人周克文：犯妨碍公务罪处有期徒刑5年6个月，非法拘禁罪处有期徒刑3年，决定执行有期徒刑5年；

被告人马德水：犯窝藏罪处有期徒刑3年；

被告人黄乃奇：犯窝藏罪处有期徒刑3年；

被告人陈广洪：犯窝藏罪处有期徒刑2年；

被告人石家明：犯非法拘禁罪处有期徒刑1年。

法庭宣判后，除禹绍政上诉于天津市高级人民法院外，其他罪犯均表示服刑，没有上诉。

天津市高级人民法院经过审理，认为一审认定事实和运用法律正确，于9月17日作出终审裁定，驳回禹绍政的上诉，维持原判。

与此同时，天津市中级人民法院对非法审讯殴打危福合致死案也作出判决：判处大邱庄万全集团公司原经理部经理刘云章死刑、缓期两年执行，剥夺政治权利终身；判处万全集团公司职工李振彪、罗德元无期徒刑、剥夺政治权利终身。同案的其他15名从犯分别被判处5年至15年有期徒刑。

禹作敏在天津第一监狱服刑两年，后保外就医到天津武警医院，后又转至天津天和医院，并在这里度过了其生命中的最后一段时光。

禹作敏最后的病房在医院三楼，是一个编号为"甲三"的独间，也就是高干病房。当时，对禹作敏的待遇非常人性化，他有时候甚至被允许自己出去买点东西。

1999年10月3日，禹作敏在天和医院的这间病房中心脏病忽然发作，经抢救无效离世，终年69岁。

五、 警钟长鸣

● 新华社播发题为《国法不容——禹作敏犯罪事实》的长篇通讯,写道:共和国庄严的法律不容践踏,也不容超越法律之上的人。

● 郭凤莲很有深意地说:"这也给我们敲响了一个警钟,就是在取得成绩的情况下,应该怎么看待自己,怎么约束自己的行为。不能说是一个反面例子,但总可以是衡量我们自己的一把尺子。"

● 李占发说:"如果不明确产权,加强监督,不是李凤政的结局,就是禹作敏下场!"

社会各界评论禹作敏案

就在天津市中级人民法院对禹作敏等人进行公开审理的同一天，即1993年8月27日，新华社播发题为《国法不容——禹作敏犯罪事实》的长篇通讯。在报道了禹作敏有关犯罪事实后，文章这样写道：

蜕化变质、无法无天，堕落成为一名罪犯，这是今天的禹作敏。那么，昨天的禹作敏又是一个什么样子呢？

"从根子上讲，禹作敏原本并不是一个坏人。"静海县委一位负责人不无惋惜地说，"他曾经是一个有头脑的大邱庄致富的带头人。"

…………

从一个名扬四海的致富带头人，蜕变为国法不容的罪犯，禹作敏给人们留下的教训是深刻的。在接受审讯时，禹作敏不止一次地提到自己过去15年间在大邱庄创业和发展中的辛辛苦苦。但是共和国庄严的法律不容践踏，也不容超越法律之上的人。

8月28日，《人民日报》发表了《前车之鉴》的社论，文章要求：

全国人民一定要从大邱庄事件中吸取教训，加强精神文明建设和思想政治工作，提高人民的文化道德素养和法律意识。决不允许在党内和人民政权内出现谁也管不了的"土围子"和"土皇帝"。

随后，《法制日报》《天津日报》《文汇报》《工人日报》《中国青年报》以及香港、台湾等地的报刊，也对禹作敏被判刑发表了评论文章。

1996 年 5 月的一天，一个人出现在监狱会见室里，禹作敏惊呆了。他原以为是家人，没想到是卢志民千里迢迢前来探监。

卢志民曾经是禹作敏的老朋友。

禹作敏这个风烛残年的老人，流下了眼泪。

卢志民给他带了吃的、用的，宽慰他既然事情发生了，还得想开，保重身体要紧。他还请监狱方面给禹作敏以可能的关照。"他为中国农民增过光，添过彩，他曾经是我学习的榜样。"卢志民说。

卢志民后来写了一篇文章谈禹作敏和他的感受。文章题目叫《历史是一面镜子》。

卢志民写道：

探望禹作敏归来，我的心情久久不能平静。

…………

20 年的刑期，对于年已七十的他，与宣判死刑没有什么区别。千秋功罪，绝非像"一只羊等于两把斧子"这样的经济学原理那样简单。昨天，他是我们农民企业家的榜样，今天，他是我们的一面镜子。

卢志民在文章中，把这种前"榜样"后"镜子"的事实叫作"禹作敏现象"。他要从这种"现象"中找出经验教训来。

卢志民写道：

研究"禹作敏现象"，一个严肃的课题清晰、具体地展现在我们的面前。那就是企业家必须讲政治，政治是企业家成长的大环境。没有离开政治的经济，也没有离开经济的政治，企业家首先应该是政治家。

郭凤莲说敲响了警钟

在农业学大寨的时代，大寨也是中国农村的一面旗帜，因此，大寨也在全国非常有名。

在 20 世纪 80 年代末，大寨党支部书记郭凤莲第一次听到禹作敏这个名字。郭凤莲后来回忆说：

> 那天，《山西日报》发表了关于禹作敏谈大邱庄经济发展的一个整版报道。当时大邱庄比华西村还要有名，读完以后，对禹作敏的事迹，对大邱庄的发展，说实在话，咱是非常敬佩的。我认为，一个 60 多岁的老人，基本上属于和陈永贵同一时代的人，能够在改革开放以后，迈出这样一个步子，把大邱庄迅速变成一个工业性的城镇，他是付出了很大努力的。起码我认为，他对党的政策理解得比别人要深刻。还有一点，他胆子很大，想法超前，思路敏捷。作为一个农村干部，有这么大的开拓性，有这么大的能力，把大邱庄整个变了样，我真是非常钦佩。

1992 年 12 月 18 日，作为中共"十四大"代表的郭凤莲，在会议结束后，便马不停蹄地与当时昔阳县委书记从北京直奔天津，准备去大邱庄参观访问。

这是郭凤莲第一次去大邱庄。

在当时，禹作敏办公室一位女孩子不知道到访的是郭凤莲，态度一度很冷淡，既不让座也未有茶水相送，郭凤莲他们俩就在门口坐着等待禹作敏。

当郭凤莲将身份证等证明材料登记并送到禹作敏处后，女孩子的态度一下子好了起来。

郭凤莲后来回忆说：

进到办公室后又等了一会，时间好像不短，还喝了一杯水。后来禹作敏就来了。他说："郭凤莲同志，我很崇拜大寨的，我也是在学大寨年间起来的。陈永贵原来是大寨的书记，我是大邱庄的书记，我也是这么干出来的。"禹作敏还说："今天来的人很多，不管他部长也好，省长也好，来这里就让他们自己看，我禹作敏是不作陪的，今天凤莲来了，我要出面，我要接待。"这等于给了我们个特别的面子。

郭凤莲记忆尤其深刻的是，禹作敏说话总是很严肃，"有点傲气"。

郭凤莲回忆说：

禹作敏当时说："过去学大寨那么长时间，老百姓也没学到什么，还是饿着肚子，还是赤条条的。你看看，现在咱们党的政策好了，改革开放以来，大邱庄是怎么一个变化啊！"讲了很多。后来我们县委书记说，我们俩是从北京开完会来大邱庄学习来了，向禹书记学习来了。他说："好啊，大寨应该学大邱庄了，大邱庄改革开放搞得好，大寨现在落后了。"禹作敏给了我们一些大邱庄的介绍资料，然后又坐在那儿交谈了几句，后来就去吃饭了。

在当天，禹作敏鼓励郭凤莲一定要把大寨的化工厂搞起来，并表示，在这个层面上，大邱庄可以提供资助，而且大寨化工厂生产的液氯完全可以供给大邱庄使用。

在得知郭凤莲以及昔阳县县委书记当晚要回山西后，禹作敏毫不犹豫地开出 50 万元支票让郭带上，并说："来一趟大邱庄也不容易。"

郭凤莲回忆说：

他说："你先让化工厂动起来，我用你的液氯。"这样，通过我供给他的货，把他借给我的钱就抵了嘛，可以还了禹书记的钱了嘛，人家也没讲是给你，就是借给你的。我说："禹书记，咱们都是集体的事，我要给你打借条，我签字，借大邱庄 50 万块钱。"禹书记说："你不要签了。"我说："不行，一定要签上字，要么，别人会怀疑我郭凤莲把这 50 万块钱装在自己口袋里面了。"我就给禹书记打了借条，借 50 万块钱。

为表示对禹作敏无偿提供资金援助的感谢，1993 年春节刚过，郭凤莲第二次来到大邱庄，见到了禹作敏，时间就在禹作敏出事前两天。

郭凤莲说："我看到禹作敏好像有一种急躁的情绪，变了个人一样，非常暴躁的样子。当时坐下来之后，他说：'我禹作敏是真正干出来的……我这个先进是自己实实在在干的。现在改革开放了，你大寨动也不动，说明你们这个典型是假的。'"

郭凤莲回忆说：

我心里说：怎么今天禹书记是这么一个性格呢，这么说话，还说大寨的典型是假的。后来我们的情绪就不好了，他讲完以后，我们也没说让他陪我们吃饭，自己在大邱庄找了点儿饭吃。我说："禹书记，你去忙吧，不用管我们了，可能我们今天晚上就走了。"禹作敏说："你们再住上一个晚上，看看大邱庄吧。"后来他就把事情交代给了另外一个人，让他领着我们去看了看大邱庄，什么九龙壁啊，钢管厂啊什么的，晚上就住在了那边。

郭凤莲接着回忆说：

就在我们住进宾馆快要休息的时候，不知道是天津公安局还是天津检察院的一个女同志过来了，她说："书记啊，你们明天早上赶快离开这里。"我问是怎么回事，她告诉我，大邱庄出人命案了，打死人了。我说："是谁打死人了？"她说："是禹作敏打死人了，你赶快走吧，这个矛盾是很大的。"我们也没追问到底是怎么个情况，第二天一早就走了。回到大寨时间不长，就有媒体报道说大邱庄出事、禹作敏被抓起来了。

郭凤莲认为，禹作敏死得很可惜，对于大邱庄来说，更是一个莫大的损失。

郭凤莲对禹作敏进行了深刻剖析。她说："首先，禹作敏没有多少文化，他基本上也是个文盲，说实在话，农民啊，你要是表扬表扬他，他浑身上下都是非常麻木不仁的。另外，他的成绩确实是令人满意的，而他自己也感到非常满意，他看不到自己不足的地方，这样他就有一点摇摇欲坠。"

郭凤莲很有深意地说："不管怎么说，10 多年的时间，大邱庄变了样，要是没有禹作敏是干不成那个样的！这么大的改革思路不是随便一个老百姓就能想象到的。我从不因为谁犯了罪就讲人家这个那个的，我是实在感到挺惋惜。可能这也给我们这些支部书记、农村干部们敲响了一个警钟，就是在取得成绩的情况下，应该怎么看待自己，怎么约束自己的行为。不能说是一个反面例子，但总可以是衡量我们自己的一把尺子。"

产权不明是禹作敏的陷阱

禹作敏犯法后，天津市有关领导李占发在调查案情时，说："如果不明确产权，加强监督，不是李凤政的结局，就是禹作敏下场！"

正如禹作敏所说，"这十几亿资产可以说是我的"，但又"不是我的"，所以禹作敏父子想方设法控制大邱庄党政财文大权。

在1990年，国民经济调整，人们正在大喊"市场疲软"之际，禹作敏判断一个新的经济增长时期将随整顿结束而到来。在各地乡镇企业资金均告急之际，大邱庄在全公司范围内统筹资金，投资6000万元上了3个年产值亿元的骨干厂。

禹作敏凭借雄厚的集体积累，和中央冶金、物资等部门搞联营企业，向天津港保税区、深圳特区投资搞合资企业，铺垫走向全国、进军国外的桥梁，大力发展标准化企业，用国家标准和国际标准改造老设备，向高技术、高质量、高效益的现代化方向发展。因此，在1992年前后，大邱庄出现了新的经济腾飞。

1991年，大邱庄工农业总产值18亿元，比1978年增长1300倍，公共积累4.8亿元。1992年，在国家统计局的《统计年鉴》里，大邱庄是社会总产值、人均收入等多项经济指标连年稳居第一位的"中国首富村"。

大邱庄成为中国上百万个自然村的"首富村",禹作敏也成为国内外的"新闻人物"。

但是,现代企业要求现代管理,现代管理的中心内容是所有权与经营权分开。国外的资本家许多都不要自己的子女接班,而要另聘管理人员,但在大邱庄这样的企业,因为产权不明而承包人又觉得"这资产是我创造的",就要由自己直接控制。

1992年3月,禹作敏认为"水到渠成"了,他以"实现现代化企业管理""所有权与经营权分开"为名,进行体制调整。把大邱庄农工商联合公司改为"大邱庄企业(集团)总公司",总公司下设5个集团公司,即万全集团公司、尧舜集团公司、津美集团公司、津海集团公司、华大集团公司。总公司成立董事会,禹作敏退居第二线担任董事长,总经理由25岁的禹绍政担任。从表面上看,所有权与经营权分开了,而实际都由他们父子俩人统领了,所有权成了禹作敏的,经营权是儿子禹绍政的,统一到了"禹家"。从此,大邱庄总公司的领导班子中,除个别异姓是禹作敏"心腹",其他都是"清一色"的禹家班底。

大邱庄的所有权和经营权统一到禹家,他们自然"爱厂如家",如果有人侵犯大邱庄的权益,他们共同捍卫。

正因为"这十几亿资产可以说是我的",禹作敏就要千方百计维护本家族及其亲信的特权。

大邱庄尽管先富起来了，但全村的消费是畸形的。到90年代初期，全村人均收入高达2.6万元。全村有法国、美国、日本产的高级小卧车200多辆。继禹作敏之后，"奔驰"小卧车猛增到十几辆，最高标号是"奔驰"560型。这一切首先由谁来享受呢？是禹家及其亲信中的"能人"。

为什么大邱庄如此富足？应聘到这里当顾问的天津一位国有企业厂长说，因为国有企业除了生产费用还要扣除大修理费、管理费、医药费等才是利润。利润绝大部分上交国家，职工工资、福利都是国家统一标准，不得超过；而乡镇企业除了生产费用就是利润，不扣除其他费用，其利润都可以直接参加分配，而且分配数额由自己决定，不受国家限制。

禹作敏的个人收入是个不解的谜。他以廉洁自律自居，向北京来的专家学者说，我不多要钱，大伙给我评定，年薪10多万，我不要，你们来，我个人请客。一年只给家交一万元。

但是，知底细的人却认为，禹作敏赚的是"无数钱"。而别人都不能过问，也无法掌握。当公安局对他实行拘留，市、县联合工作组进村后，大邱庄的财会人员才向工作组提供了真实情况：1992年总公司正副经理每人年薪是70万元，担任副总经理的禹作敏两个儿子当然也是这个数字。李占发说，这是禹作敏主持大邱庄党委会议定的，谁能说不合理、不合法？这属于贪污？还是正当收入？谁能说得清楚？所以李占发向中央政法委汇报禹作敏案件时说，大邱庄经济问题查不清，他们的工作组只能协助司法部门破打人致死案。他说，这只是白色收入，灰色、黑色收入知多少？

在大邱庄，共产党的党委会已成为维护禹作敏及其家族"权益的工具"，这是"一元化"体制给禹作敏带来的便利条件，也是禹作敏的腐蚀剂。

个人和本家族的消费毕竟有限，禹作敏就用金钱不断为自己抬高身价。他对北京来的专家学者说："每天上门要赞助的有三四家，真是应酬不过来！"

禹作敏成了金钱和权力的化身，个人也就感到不安全了。他有8个保镖，大邱庄不断发生"劳资纠纷"，禹作敏看到这种新的社会矛盾，怕事态扩大，多次出面调解。为了维护正常的生产秩序，保证自身安全，禹作敏多次以文件形式上报天津市公安局，要求扩大大邱庄派出所的编制。这个要求被否决后，他仍不甘心，又采取建立经济警察和扩大保安人员的办法。他把效忠于他的得力干将提拔为治保主任。禹作敏兼任派出所指导员，掌握执法权力，全村经济警察也增加到100人之多。

在宣布拘捕禹作敏的同时，公安人员依法搜查了他的家，除几十万现金、进口药品，还发现有武器等。

正因为"这十几亿资产可以说是我的"，禹作敏父子及其家族人员就把流失财产的人当作"败家子"。

个人集权下的产权不明，有一个特点，就是群众对资产底厘不清，唯独"老板"个人清楚。

1992 年 11 月，大邱庄华大集团公司总经理李凤政突然病故。他死在会议桌上，终年 45 岁。

李占发说："李凤政一死，3 亿债务说不清。两亿是银行的，一亿是外边欠的。"

李占发还说："厂房、设备分开。到 1996 年 6 月债务还未清理完毕。究其原因是管理不善，没账。一人说了算。这人死了更说不清了。华大集团损失 6000 万。"

李占发用简洁的语言说出了事件的起因。

这位李凤政就是被禹作敏称为"鬼头鬼脑，谁都不怕，就怕我"的"能人"。他当过大队会计、总公司党委副书记，能说会算，也有气魄。因为所有权与经营权都集中到一个"能人"身上，"老板"突然故去，企业失去控制，平时的流通渠道中断了，资金流向一下说不清楚。这比企业倒闭造成的损失还惨重，转瞬间企业变成了"黑窟窿"。

"3 亿外债说不清""李凤政死时发现外来的干部有贪污"。这时把大邱庄资产当作"也可以说是我的"的禹作敏和他的同伙，因此气急败坏。禹作敏主持召开公司中层以上干部会议，说华大集团领导是一帮"败家子"，是来糟蹋大邱庄的。他突然宣布撤销华大公司，将其所属的企业划归万全、津海、津美、尧舜四个公司管理，同时撤销华大集团 9 名副总经理职务，并开始了审讯，

终于导致了犯罪。

越来越多的人认识到"产权不明是禹作敏的陷阱，也是所有企业家的陷阱"。

事件发生后，李占发组织各级干部调查研究，并通过试点，对大邱庄企业推行了股份合作制。这是调动经营管理人员积极性、实现共同富裕的好办法。

这样做，虽然削弱了企业负责人的部分"特权"，却给了他们更大的自主权。但是，这样做是否符合党的政策？如何从理论上加以说明？他们心里没底。

1995 年 3 月 8 日，李占发以静海县政府名义，邀请一些专家学者进行论证。这些专家学者认为，禹作敏对中国农村改革是有贡献的，但受到中国封建家长制的影响，权力越大，消极面越大，把自己打扮成改革的化身，走上了极端，不可容忍，受到了法律惩罚。这和体制有关系，因为原来的产权和经营权与劳动者结合不到一起，厂长感到"是我的，但又不是我的"。

静海县总结了大邱庄的经验教训，对产权问题认识得很深，经验也很系统。

专家学者指出，产权制度改革是继联产承包后又一个伟大创造。股份制与合作制适合中国国情，农民既有决策权，又有受益分配权。农民既是劳动者，又是股份所有者。通过股份分红增加农民对企业的关切度，与自己利益相联系。股东代表选出董事会，由董事会确定厂长。农民有了这些权利才能当家做主。

大邱庄企业实行产权制度改革，由"能人"支配的"公"产变成农民集股的"共"产，农民能看得见摸得着。许多工厂开始实行岗位股，企业法人提成，作为股投入企业，参加分红，分到红再投进去。

工人也如此。禹作尧说，实行股份合作制增加了企业的凝聚力。

大邱庄的实践告诉人们，农民有了所有权才能制约禹作敏式的专权。他们成了股份所有者就理直气壮地参与企业管理，严格监督厂长经理。

张延军在天津市乡镇企业家座谈会议上说："家长制不行了，要实行民主管理！"

经过挫折的大邱庄，开始走上民主法制的轨道！

大邱庄从此走上正轨

曾经一度"辉煌"的大邱庄，后来不断引起人们关注，但人们议论最多的一句话是：大邱庄又"活"了。

这个"活"有着双重意义，一是讲它在市场经济的舞台上又显示出活力；二是它像重病康复的人，又神气活现地"活"起来。

后来的大邱庄，在碧波荡漾的团泊洼湖畔拔地而起，形成了一个新兴的城镇。它是投资者的乐土，安居者的乐园。在一个区域面积仅仅 33 平方公里的土地上，拥有企业近 300 家，企业资产达到了 50 多亿元。

走在笔直宽敞的百亿道、黄山路上，道路两旁苍松翠绿，繁花似锦，街道两旁的绿化地上，雕塑小品随处可见。

这里是不夜城，不分昼夜，总是人头攒动，熙熙攘攘，一派旺盛的人气。

原来，由于大邱庄的"带头人"禹作敏犯法，曾使大邱庄人一度感到迷茫。针对这种情况，从天津市委、市政府到静海县委、县政府及时地强化了对大邱庄的领导，县委领导亲自兼任"庄"（村）党的领导，适时撤村建镇，加强了领导，使得大邱庄重新步入了正轨。

10 多年过去了，大邱庄有了脱胎换骨的变化，过去田间里的农民，大多数变成了现代企业中的职工，过去

的"村庄"后来以"数字化"的城镇出现在津沽大地上。走进镇里的住宅小区，如同走进了春意盎然的大公园，居民住宅楼错落有致地隐藏在绿树花丛中。社区内嬉戏的幼童、健身的老人、埋头看书的年轻人，活脱脱的一幅安详图画。

一位老人告诉记者，这样的小区在他们那里比比皆是，镇里新盖了津美、津海、万全、尧舜、度假村等几处住宅小区，人均住房面积达到了 36 平方米，家家通有线电视、电话，尤其宽带网进入了社区，在全国率先实现了全镇的"数字化"工程。

除了居民住宅区外，还新建了尧舜商城、尧舜大酒店、镇中学办公楼等一大批公共设施。

大邱庄镇还非常注重环境的绿化，10 年来先后投资 500 万元栽种各类花木 50 万余株，新建绿地草皮 30 万平方米。

大邱庄新型城镇的建成是以它雄厚的经济作为基础的。10 年来，累计完成国内生产总值 131 亿元，上缴税金 6.6 亿元，固定资产投资 21 亿元。

痛定思痛，"吃一堑，长一智"是大邱庄人的聪明之处，也是大邱庄的上级党组织和大邱庄广大党员能够"凤凰涅槃"浴火重生，再次翱翔蓝天的根本原因，大邱庄从 1992 年的"带头人犯事"中吸取教训：

两个文明一起抓。

尤其在党建、育人、普法等三个方面强化力度。镇党委确定了"围绕经济抓党建，抓好党建促经济"的党建工作思路，积极拓展党建工作新领域，努力探索党建工作的新形式、新方法、新路子，以尽快适应市场经济发展的需要，使每位党员在各自工作岗位上建功立业。

兴镇，首先要育人。正反两方面的经验教训使大邱庄人深知无知使他们"小富即满""不识山外有山""不识天高地厚"。在改变昔日故乡山水风貌的同时，大邱庄镇通过兴办教育。把过去的农民改变成有知识、有道德的人才，以保障大邱庄镇经济的持续发展作为一个战略措施。利用各种形式开展成人教育的同时，不断加大教育投入。

大邱庄镇党委、政府还加强全民法制建设，以法治镇，以法兴镇，结合全镇实际，在每年的普法活动中，组织全镇百姓开展普法教育，举办形式多样的普法活动。如法律知识问答考试、利用镇的有线电视进行法制宣传。以张贴标语、悬挂布标、下发宣传材料等方式，向群众进行法制教育，增强群众的法制意识。切实解决人民群众关心的热点问题，全镇百姓的法律意识得到了增强，形成遇事先"请教"法律的良好习惯。

大邱庄镇社会治安从此有了根本性的好转，从而创造了良好的投资环境，促进了经济的大踏步发展。

一个崭新的大邱庄镇从此真正走上了文明、和谐、法制、现代的发展正轨。

本书主要参考资料

《禹作敏之谜》花蕾 东其著 中国社会出版社

《大邱庄——中国名村纪实》形式著 中原农民出
版社

《大邱庄的脚步》大邱庄农工商联合公司办公室编

《辉煌中的阴影——中国"首富村"大邱庄揭秘》
佘洪丰编 警官教育出版社

《中南海三代领导集体与共和国政法实录》严书翰主
编 中国经济出版社